ENKEL @ OMA

Die Autorin

Margret Limbach
Geboren 28.09.1947 in Siegburg
Kaufmännische Prokuristin in mittelständischem Unternehmen
Reisende durch viele Kontinente
Malerin, Bildhauerin, Ehefrau, Mutter und Oma

Margret Limbach

ENKEL @ OMA

Geschichten
Kunstprojekte
Rezepte

Bibliografische Information der Deutschen Nationalbiliothek.
Die Deutsche Nationalbibliothek verzeichnet diese Publikation
in der Deutschen Nationalbibliografie; detaillierte
bibliografische Daten sind im Internet abrufbar über
http://dnb.d-nb.de

Impressum

© 2010 Margret Limbach
Herstellung und Verlag: Books on Demand GmbH,
Norderstedt
Umschlaggestaltung, Satz und Layout Margret Limbach
ISBN 9783842325234

**Die Freude
Die Identität
Die Liebe
Die Wirklichkeit**

Inhaltsverzeichnis

1.

„Oma, jetzt komm endlich rein".
Die Enkel Cama, Mani und Maju saßen im Wintergarten und warteten ungeduldig auf ihre Oma Marlies.
Die arbeitete gerade im Garten. Sie liebte ihren Garten und hätte gerne gehabt, wenn die Kinder noch etwas draußen bei ihr geblieben wären. Aber, na ja, Oma hatte ihnen versprochen, eine Geschichte zu erzählen. Die Drei hatten gerne, wenn Marlies ihnen etwas erzählte. Von früher musste es sein.

Oma Marlies war 61 Jahre. Sie liebte ihre Enkel über alles. Deshalb hatte sie ihnen auch die von „Marlies" abgewandelten Namen gegeben. Justus, der Älteste, war 10 Jahre. Maju, Abkürzung für **MA**rlies und **JU**stus, wurde er nur von ihr genannt. Oma nannte ihn auch manchmal Moppel. Nur sie durfte ihn so nennen. Immer lief ein Strahlen über sein Gesicht, wenn sie beide alleine waren und Oma ihn so nannte. Er wusste, dass dieser Kosename all die Liebe ausdrückte, die sie für ihn empfand. „Mein Moppel" sagte sie dann und strich ihm liebevoll über sein blondes Haar.

Maju war ein „Verträumter". Er konnte durch den Garten streifen und ganz in Gedanken versunken sein. Manchmal saß er auch einfach nur irgendwo, hatte einen Ast, ein paar Blätter oder etwas anderes in seinen Händen und war in seiner eigenen Welt. Immer gingen ihm Geschichten durch den Kopf.

„Oma, wo bleibst du denn?", riefen die Kinder. „Ich komme gleich. Werdet euch schon mal einig, von wann ich erzählen soll."

Es war einfach zu schön im Garten, um reinzugehen. Die Sonne schien. Bäume und Sträucher schimmerten schon im frühlingsgrün. Das schönste Grün des Jahres, fand Marlies. Die Luft war herrlich. Aber leider war es noch zu kühl, um hier draußen auf einer Bank die Geschichte zu erzählen. Zwar hatte die Sonne schon Kraft, aber die reichte noch nicht um es sich draußen gemütlich zu machen.
Im Wintergarten war es jetzt wunderbar.
Die Türen konnten aufbleiben und die Frühlingsluft strömte herein. Man konnte von dort fast den ganzen Garten übersehen. Der Garten war groß. Hatte viele Bäume und Sträucher. Ein paar Meter vom Wintergarten entfernt stand eine große Kastanie. Sie war schon voller klebriger Knospen. Oma beobachtete die Entwicklung des Baumes mit den Kindern vom Frühling bis zum Winter. Bald würden herrlich weiße Blüten den Baum schmücken. Später die stacheligen Fruchtansätze. Und dann brauchte es noch ein halbes Jahr bis die Kastanien gesammelt werden würden. Es gab immer viele, viele Kastanien.
Die Kinder tauschten diese gegen Gummibärchen ein. Das war jedes Jahr ein Erlebnis.

Nur weil die Kastanie noch keine Blätter hatte, konnte man so gut in den Garten gucken.
Wenn man sich ruhig verhielt, sah man viele Tiere. Oma sagte immer „das sind alles unsere Haustiere". Viele Vogelarten, Eichhörnchen, Igel, ein Bussardpaar hatte bereits seit ein paar Jahren ein Nest, Libellen, viele Erdbewohner, wie zum Beispiel Maulwürfe, Mäuse, Würmer und so weiter. Oma mochte alle Tiere. Sie konnte jedes Tier anfassen, auch Spinnen und Schnecken. Den Kindern hatte sie das ebenfalls beigebracht. Dem Mutigsten zuerst, dann trauten sich die anderen auch.

Marlies erklärte ihnen auch die anderen Bäume. Kleinere und größere Tannen gab es. Die wurden zu Weihnachtsbäumen. Die Kinder durften sich ihren Weihnachtsbaum jedes Jahr aussuchen. Das machte Riesenspaß. Es gab auch eine wunderschöne Linde, deren Blüten bald ihren berauschenden Duft verströmen und die Bienen anziehen würden. Auch zwei riesige Mammutbäume, Eichen, deren Früchte ebenfalls im Herbst gesammelt und gegen Gummibärchen eingetauscht wurden, standen neben vielen anderen Bäumen im Garten. Wenn alle Bäume Blätter hatten, gab es im Sommer schattige Plätze, an denen man verweilen konnte. Pappeln waren im Herbst am schönsten. Dann rauschten die Blätter im Wind. Manchmal wurde auch ein Baum gefällt. Die Kinder erfuhren, wie Brennholz gemacht und Bänke gebaut wurden. Sie halfen immer gerne mit.

Die Forsythien blühten jetzt strahlendgelb in der Sonne. Jasmin, wilde Rosen, Rhododendron, Weigele und andere Sträucher würden auch bald blühen.
So schön ist der Garten, ich könnte immer draußen bleiben, dachte Marlies und war ganz versunken in die Schönheit, die sich ihr bot.
Weiter hinten waren zwei Teiche, die man auch vom Wintergarten aus sehen konnte. Darin versteckten sich jetzt Riesentrauben von Laich. Froschlaich. In Kürze würden die Kaulquappen schlüpfen. Sie musste noch unbedingt mit den Kindern dorthin, um dieses Wunder der Natur mit ihnen zu beobachten.

Oma war mittlerweile beim Wintergarten angekommen. Sie streifte ihre Gartenschuhe ab.
„Hallo Kinder, jetzt ist es soweit. Habt ihr euch beraten? Welche Geschichte soll es denn sein?"

Mani: „Erzähl uns die Geschichte, als du 4 warst". „Ja, sagten die anderen beiden „die wollen wir auch hören."

Oma setzte sich zu den Dreien an den Glastisch, in dem so leuchtend die Sonne in bunten Regenbogenfarben reflektierte. Die Stühle aus schwarz-lackiertem Eisen hatten eine gerundete Rückenlehne und waren zum Sitzen sehr bequem. Oma rückte sich einen Stuhl zurecht. Leckeres Gebäck stand schon auf dem Tisch. Es sollte ganz gemütlich sein.

„Okay, Mani, Cama und Maju, ihr wollt also alle drei die Geschichte ‚als ich vier war' hören?"
„Ja, Oma, jetzt fang endlich an, wir warten schon die ganze Zeit", sagte Cama ungeduldig.
Maju schaute ganz erwartungsvoll und nickte.

Oma hatte die Geschichte „als sie vier war" schon so oft erzählt. Die Kinder kannten sie eigentlich auswendig. Trotzdem wollten sie die immer wieder hören. Es war aber auch eine schöne Geschichte. Ein bisschen traurig zwar, aber Oma erzählte sie gerne. Es war nämlich nicht nur eine einfache Geschichte. Sie gab etwas von Marlies' Kindheit preis.

„Also, gut, ihr Drei, es kann los gehen. Wenn ich dann zu Ende erzählt habe, gehen wir raus zu den Teichen, da muss ich euch unbedingt den Laich zeigen, aus dem die Kaulquappen schlüpfen. Einverstanden?" „Einverstanden, aber jetzt fang endlich an."
„Dann lasst uns alle ein Plätzchen nehmen, die ich gestern extra gebacken habe, weil ihr heute kommt und ich weiß, dass es euere Lieblingsplätzchen sind und dann fange ich an."

„Oma" Cama verdrehte ihre Augen, „fang bitte an." Ungeduldig knabberten sie an dem Gebäck und rutschten auf ihren Stühlen hin und her.

„Da kommt Tossi" rief Mani plötzlich. Tossi, die sechsjährige Schäferhündin, war ganz verrückt auf die Kinder. Und diese auf Tossi. Ein Tohuwabohu entstand. Die Hündin begrüßte alle, als hätte sie die Kids ewig nicht gesehen. Das war immer so. Mit Schwanzwedeln und Freudengejaule wusste sie nicht, an wen sie sich zuerst wenden sollte. Also ging es hin und her. Jeder wurde abgeschleckt. Alle streichelten und drückten den Hund.
Oma war jedes Mal von tiefer Freude erfüllt, weil Tier und Mensch so viel Liebe zeigen konnten. Als die Begrüßung vorbei war, machte Tossi ‚Sitz' und blickte erwartungsvoll auf den Plätzchenteller. Maju nahm ein Plätzchen, brach es mehrmals durch, gab je ein Stück an Mani und Cama und warf seins in hohem Bogen Tossi zu. Die schnappte aus der Luft. Das konnte sie, wie ein Zirkushund. Jetzt blickte sie Cama an. ‚Achtung Tossi' wieder flog ein Stück und landete in Tossi' s Maul.
Mani, der Mutige, legte das Plätzchenstück auf die Innenfläche seiner Hand, hielt sie dem Hund hin und der holte sich sein Leckerchen. Mani blickte stolz und herausfordernd in die Runde. Die anderen beiden hatten nämlich etwas Schiss, oder besser gesagt Ehrfurcht. Schließlich hatte Tossi ein großes Maul und Riesenzähne, die, wenn sie ein Leckerchen aus der Luft schnappte, so laut wie ein Schuss zusammenklappten.
Aber für Mani war Tossi wie seine Tiermutter. Sie war anderthalb Jahr alt als Mani geboren wurde. Oma glaubte, dass die Hündin das Baby damals wie ihr eigenes Junges gesehen hatte. Immer war die Hündin in der Nähe von Mani.

Wenn er weinte oder schrie wurde Tossi unruhig. Wenn man das Baby aus dem Kinderwagen oder dem Bettchen nahm, wurde es zuerst von dem Hund beschnuppert. Dann gab es einen Nasenschubser bei grundlosem Geschrei oder ein Abschlecken des Hinterteils. Oma wusste, jetzt muss die Windel gewechselt werden.

Als Mani, auch das war Omas eigene Abkürzung von **MA**rlies und **NI**ko, und er wurde nur von ihr so genannt, anfing zu krabbeln, passte die Hündin auf, dass er nicht zu nahe an die drei Treppenstufen zum Wintergarten kam, oder sonst etwas unternahm, dass ihm hätte gefährlich werden können.
Mani durfte alles mit Tossi machen. Auf sie klettern, am Schwanz ziehen, Ohren, Augen Nase, Maul, Zähne, Pfoten und Krallen untersuchen. Wenn ihr etwas nicht passte, kam ein kurzer Schubser und Mani wusste, jetzt reicht es. Oder Tossi stand auf und ging. Wenn er allerdings mit seinen Untersuchungen noch nicht fertig war, krabbelte er hinterher, machte weiter und Tossi ließ sich's gefallen.

Weihwasser

„Als ich vier war", begann Oma nun endlich, „ging ich in den katholischen Kindergarten. Ihr wisst, ich war evangelisch. Damals war es nicht normal, dass Kinder anderer Konfessionen in einen katholischen Kindergarten gingen. Bei mir hatte man eine Ausnahme gemacht, weil ich direkt um die Ecke wohnte und ein evangelischer Kindergarten weit weg war.
Der Kindergarten wurde von einer Nonne, Schwester Maria, geleitet. Sie war immer ganz in schwarz gekleidet, mit der Nonnentracht. Die ging bis auf die Erde. Schwarze Schuhe

kamen darunter hervor. Wir Kinder fürchteten uns ein bisschen vor ihr, weil man nur ihr Gesicht und ihre Hände sehen konnte. Aber sie war sehr nett und eigentlich liebte ich sie.

Weihnachten durfte ich sogar beim Krippenspiel mitmachen, weil ich so gut auswendig lernen konnte. Nur die Maria durfte ich nicht spielen, weil ich nicht katholisch war. Trotzdem war ich stolz, dass ich mitspielen durfte und natürlich war ich sehr aufgeregt als dann alle Eltern zuguckten. Es gab viel Applaus für uns Kinder.

Weil ich meine Sache gut gemacht hatte, bekam ich von Schwester Maria und meinen Eltern etwas zur Belohnung."

„Was denn?" Cama wollte es genau wissen.

„Schwester Maria gab mir einen roten Buntstift. Ihr wisst ja, rot ist bis heute meine Lieblingsfarbe. Der war nur für mich. Ich musste ihn mit keinem anderen Kind teilen. Das war einfach toll. Von meinen Eltern bekam ich ein Kaugummi. Das war damals etwas ganz Besonderes. Das durfte ich aber erst auf dem Nachhauseweg in den Mund stecken. Es war eine rote Kugel. Sie schmeckte nach Erdbeere, allerdings nur so lange, bis ich alles gut durchgekaut hatte. Dann konnte ich damit Riesenblasen machen. Stellt euch vor, das konnte ich schon mit 4." „Das hast du uns aber beim letzten Mal nicht erzählt." „Ist mir gerade wieder eingefallen."

Irgendwie war es immer so. Oma erzählte eine Geschichte von früher und jedes Mal kam etwas anderes hinzu. Wenn sie allerdings etwas wegließ, wiesen die Kinder sie sofort darauf hin, weil sie sich an jedes Detail erinnerten.

„Ich beeilte mich mit dem Kauen, denn bis zu Hause war es ja nicht weit und ich wollte unbedingt die Knallblasen noch auf der Straße machen, weil alle hören sollten wie gut ich das konnte. Ich kaute wie besessen. Jetzt war das Gummi soweit. Eine Blase kam aus meinem Mund. Sie war leider nicht groß geworden, überhaupt nicht so, wie ich mir das vorgestellt hatte und zerplatzte nur mit einem leisen Knall. Ich war enttäuscht. Wieder kaute ich wie verrückt. Die Nächste wurde groß und größer. Schön rosa war sie und so groß wie mein Kopf. Meine Eltern staunten.

Peng! Ein Knall. Ich konnte nichts mehr sehen. Das Kaugummi hatte sich über mein ganzes Gesicht verteilt. Meine Eltern lachten und fanden das sehr lustig. Ich nicht. Das Gummi klebte nämlich hervorragend, teilweise auch in meinen Haaren.

Na wunderbar! Das blöde Kaugummi! Ich dachte an die Prozedur, die meine Mutter mit mir anstellen würde, damit sie das Kaugummi wieder aus meinen Haaren kriegen würde. Es war trotzdem eine Superrosariesenblase gewesen. Hoffentlich hatten die auch alle gesehen."

Mani rutschte schon vom Stuhl. "Kann ich Kaugummi?" Oma hatte immer Kaugummi in ihrer Tasche. Die Kinder wussten das. „Wollt ihr auch?"

„Ja klar."

„Dann hol mal für jeden zwei, für mich aber nur einen. Wie viele sind das dann?"

Mani überlegte kurz, nahm seine Finger zur Hilfe und guckte Oma an: „7."

„Richtig."

Er lief die Treppe hoch, durchs Wohnzimmer in die Diele. Dort stand Omas Tasche.

‚Ich will unbedingt auch so eine Superriesenblase machen', dachte Mani.

Tossi war mitgelaufen und sah ihn erwartungsvoll an, als er in der Tasche kramte.

„Nein Tossi, Kaugummi darfst du nicht. Das weißt du doch. Am Tisch gebe ich dir noch ein Plätzchen."

Mani kam mit 7 Kaugummis zurück, verteilte sie und gab dem Hund das versprochene Plätzchen. Für seine 5 Jahre war Mani sehr gewitzt. Er interessierte sich für alles. Sogar kleine Rechenaufgaben konnte er problemlos lösen. Er malte mit viel Geduld Bilder aus seiner Fantasie.

Oma nannte ihn oft Muckel. Er war aber auch muckelig. Schon als Baby schmiegte sich Mani an Oma und wollte beschmust werden. Heute noch ließ er manchmal alles fallen, kam auf Omas Schoß und wollte gestreichelt werden. Oma genoss das sehr.
So auch jetzt. Muckel kletterte auf Omas Schoß, legte den Kopf in ihre Halsbeuge, kaute intensivst und sagte: „ich mache jetzt auch so eine Riesenblase, wie du mit 4." Oma lachte. „Ja, versuch's mal. Aber ich glaube, das geht gar nicht, weil das kein Riesenblasenkaugummi ist. Na los, zeig ob es klappt."
Mani legte sich das Gummi im Mund zurecht. Er blies. Peng, machte eine kleine Blase. Die anderen taten es ihm gleich. Und schon veranstalteten sie ein Blasenkonzert. Auch Oma machte mit. Tossi schaute verwundert von Einem zum Anderen.

„Was ist denn hier los?" Opa kam herein.
Die Hündin sprang ihn freudig an und wedelte so sehr mit dem Schwanz, dass der Schwanz sich im Kreis drehte. Alle mussten lachen.
„Willst du auch Kaugummi?" Mani rutschte von Omas Schoß um für Opa eines zu holen.
„Nein" sagte Opa lachend, „macht ihr ruhig weiter mit euerem Konzert, ich möchte kein Kaugummi."

Die Kinder liebten Opa. Er konnte soo viele Sachen machen und wusste fast alles.
„Ich wollte Tossi holen."
Die hatte sofort verstanden und spitzte die Ohren.
„Will von euch einer mit zum Baumarkt fahren?"
„Nein, Oma erzählt uns gerade die Geschichte „als sie vier war". Warum fährst du denn zum Baumarkt?"
„Ich baue eine Gartenbank. Jetzt fehlen mir die richtigen Schrauben. Ich nehme mir ein Plätzchen und dann bin ich weg. Tossi, komm. Bis gleich."
Tossi flitzte in den Garten und lief schon voraus zum Auto.
„Bis gleich, Opa."

Opa Bernd und Oma Marlies waren schon 41 Jahre verheiratet. Markus, der Vater ihrer drei Enkel, einziger Sohn, mittlerweile 39 Jahre alt. Seine Frau Heidi, 35 Jahre, war eine tolle Schwiegertochter.
Heidi und Marlies unternahmen viel zusammen. Erst vor kurzem hatten sie gemeinsam einen Schauspielkurs besucht. Sie lernten Improvisationstheater und hatten viel Spaß zusammen. Zweimal in der Woche walkten Heidi und Marlies mit Betti, Heidis Mutter, also der anderen Oma der Enkel, und mehreren Frauen durch den Wald. Immer 1 Stunde. Einmal wöchentlich besuchten sie einen Gymnastikkurs.

Heidi war Tennisspielerin und Oma Golferin. Zusätzlich machte Marlies Yoga und ging mit Betti mittwochs zum Aquajogging. Dann holte sie Betti mit dem Auto ab.
Die beiden Omas hatten sich immer viel zu erzählen. Nicht nur über ihre Enkel. Beide stellten handgemachte Naturseifen, Cremes, Tinkturen, Parfüms und andere Wohlfühlartikel her. Ihr Gesprächsstoff endete nie. Sie besuchten Lehrgänge, um

ihr Können zu vertiefen. Das war spannend und so fand laufend Erfahrungsaustausch zwischen den beiden statt.

Vor der Hochzeit von Markus und Heidi kannten sich Marlies und Betti nicht. Mittlerweile waren sie Freundinnen geworden. Sie besuchten zusammen Ausstellungen oder andere Veranstaltungen.
Letztes Jahr hatten die Fernsehstudios der „Anrheiner" Tag der offenen Tür. Beide sahen die Serie möglichst immer. Natürlich ließen sie sich das Ereignis nicht entgehen. Alle Schauspieler und hinter die Kulissen konnten sie sehen. Allerdings waren die Schlangen der Autogrammjäger viel zu lang, um sich anzustellen. Doch mit dem Einen oder Anderen konnte man zwanglos reden, sogar in den Kulissen. Man kam sich selber wie ein Schauspieler vor. Ein schöner Tag war das für die Beiden.

Vor zwei Jahren veranstaltete die „Lindenstraße" in ihren Studios einen Laufwettbewerb. Daran hatten Betti, Heidi, Markus und Marlies teilgenommen. Auch hier konnte man hinter die Kulissen gucken. Alle vier waren Lindenstraßen-Fans, seit über 20 Jahren. Deshalb mussten sie selbstverständlich an dieser Veranstaltung teilnehmen. Auch hier waren die Schauspieler mitten unter dem Publikum. Teilweise nahmen sie sogar am Wettbewerb teil. Mit einer Videokamera wurde alles aufgenommen und zu Hause den anderen Familienmitgliedern stolz vorgeführt.
Bernd fuhr die Vier morgens hin und holte sie abends wieder ab. Otto, der andere Opa hatte „Kindertag".

‚Toll, wie die ganze Familie zusammenhält', dachte Marlies gerade, als Cama sie in die Gegenwart zurückholte.

„Ooomaaa, die Geschichte."
Das Kaugummiblasenspiel hatte mangels Geschmack des Gummis aufgehört. Jetzt saßen die Drei wieder auf ihren Stühlen und Oma erzählte weiter.

„Ihr wisst ja, als evangelisches Mädchen war ich in dem katholischen Kindergarten. In der Woche vor Palmsonntag erzählte uns Schwester Maria, die Nonne, Bibelgeschichten. Sie konnte sehr gut erzählen. Wir Kinder hörten immer gespannt und gerne zu.
Als sie uns erklärte, was Weihwasser ist, versprach sie jedem Kind ein Fläschchen von dem gesegneten Wasser vor dem Nachhausegehen.
Der Kindergarten war aus. Unsere Mütter standen schon draußen, um uns abzuholen. Schwester Maria verabschiedete an der Tür jedes Kind und verteilte die versprochenen Fläschchen. Als ich an der Reihe war, sagte sie: „Dir darf ich kein Weihwasser geben, weil du evangelisch bist", drückte mir die Hand, während mir schon die Tränen in den Augen standen und strich mir liebevoll über den Kopf. ‚Es tut mir leid', sagte sie noch.

Ich stürmte meiner Mutter entgegen und heulte wie ein Schlosshund.
‚Was ist denn los?', wollte Mama wissen, nahm mich auf den Arm, drückte mich an sich und redete beruhigend auf mich ein. Ich konnte und wollte mich aber nicht beruhigen. Schwester Maria war so gemein. Wo ich sie doch so lieb hatte. Wie konnte sie mir das antun? Mama küsste mir die Tränen weg, sang leise mein Lieblingslied und trug mich noch ein Stück. Ich schluchzte immer noch, als wir zu Hause ankamen.

Tante war am Fenster. Sie beobachtete das weinende und schluchzende Kind, kam runter und drückte mich an sich. Tante war schön dick, ganz weich und immer freundlich. Gerne kuschelte ich mich an ihren warmen, weichen Körper. ‚Was ist denn passiert? Komm, erzähl mir, warum du so traurig bist. Hat dir jemand weh getan, oder bist du hingefallen?' Sie drückte mich an sich und streichelte mir sanft über den Kopf.

„Was hattest du damals für eine Frisur?" fragte Cama. „Eine Tolle. Das war damals modern. Onkel konnte die Tolle am besten machen. Dann hielt sie den ganzen Tag."

„Was ist eine Tolle?" Mani wollte es genau wissen. „Moment" Oma ging ins Badezimmer und kam mit einem Kämmchen zurück.
„Hiermit macht man eine Tolle. Cama komm, ich zeig' euch, wie das geht. Früher besaßen die Frauen viele solcher Kämmchen, weil damit die verrücktesten Frisuren entstehen konnten."
Cama setzte sich auf den Stuhl vor Oma.
„Jetzt bist du ein Modell. Ich teile oben auf deinem Kopf ein Büschel Haare ab, lege die Haarspitzen um den Kamm, rolle ihn auf und stecke das Kämmchen am Haaransatz fest. Fertig ist die Tolle."

„Muss ich sehen." Cama flitzt in die Diele.
Da konnte man sich von allen Seiten betrachten, weil alle Seiten verspiegelt waren. Von der Decke bis zum Fußboden. Das war praktisch und interessant. Immer, wenn man durch die Diele ging, bewegte sich etwas. Man selbst natürlich. Marlies fand das schöner als Tapete. Vor vielen Jahren hatte sie die Diele so machen lassen.

„Toll, aber es zippt." rief Cama. Die Jungen fanden die Frisur auch gut. Cama sollte sie so lassen bis Heidi kommen würde. Aber sie wollte nicht, es tat ihr zu weh. Sie hatte das Kämmchen schon wieder entfernt, als sie zurück in den Wintergarten kam.

Cama, von **CA**rola und **MA**rlies, war Omas Sonnenschein. Ein richtiges Mädchen. Obwohl Oma und Enkelin, waren sie oft wie Freundinnen. Immer, wenn sie sich sahen, vielen sie sich vor Freude um den Hals. Cama erzählte Oma alles. Wenn es Probleme gab, suchten sie gemeinsam nach Lösungen. Wie Freundinnen eben. Für ihre 7 Jahre war Cama sehr selbstbewusst. Das förderte Marlies. Auch ihr Mode- und Schönheitsbewusstsein. Weil Oma früher Prokuristin in einer „Männergesellschaft" war, wusste sie viel über solche Sachen. Allerdings durften Schule, Sport und Kunst nicht zu kurz kommen. Da Cama jedoch viele Freundinnen und Freunde hatte, waren ihre Interessen zum Glück vielseitig.

Alle paar Monate machten Oma und Cama Modenschau. Dann wurden die Schränke durchwühlt, die wunderlichsten Kombinationen zusammengestellt, geschminkt, mal grell, mal dezent und einem imaginären Publikum die tollsten Kombinationen vorgeführt. Wie auf einem Laufsteg gegangen werden musste, hatten sie schon oft geübt. Manchmal mit einem oder mehreren Büchern auf dem Kopf. Das war nicht einfach, schon gar nicht freihändig. Es klappte auch nur mit viel Gefühl und wenn man ganz gerade, einen Fuß vor den anderen setzend, langsam ging. Aber bekanntlich macht nur Übung den Meister. Bei einer Modenschau hatten beide selbstverständlich kein Buch auf dem Kopf, aber sie versuchten, wie Mannequins auf dem Laufsteg zu gehen.

Manchmal durften auch die Jungen zusehen. Doch die hatten nicht wirklich Interesse an so etwas. Deshalb machten Cama und Oma Modenschauen lieber alleine.

„Wie ging die Geschichte dann weiter?" meldete sich Cama jetzt wieder.

„Ich erzählte schluchzend meiner Tante, wie schrecklich gemein Schwester Maria zu mir war; dass alle anderen Kinder ein Fläschchen Weihwasser bekommen hatten, nur ich nicht, und ich darüber so traurig war. Tante nahm mich an die Hand. ‚Komm mit ins Schlafzimmer. Ich habe etwas für dich.'

In Tantes und Onkels Schlafzimmer hing ein Kreuz mit einem Jesus und den Buchstaben I.N.R.I.. An diesem Kreuz waren kleine Palmzweige befestigt. Diese Palmzweige wurden von dem Buchsbaum, der unten im Garten stand, abgeschnitten. Tante und Onkel, die katholisch waren, nahmen jedes Jahr am Palmsonntag abgeschnittene Palmzweige mit in die Kirche. Der Pastor segnete die Zweige und Onkel machte sie anschließend an dem Jesuskreuz fest. Bis zum nächsten Jahr hingen sie dann da. Und es fielen keine Blätter ab, wegen dem gesegneten Wasser, sagte Tante. Die hatte auch Weihwasser. Ich hatte schon gesehen, dass sie manchmal die Palmzweige an dem Jesuskreuz damit bespritzte. Ich glaube, damit die Blättchen auch wirklich nicht abfallen würden. Das Weihwasser hatte sie von einer Wallfahrt mitgebracht. Es stand in einer Flasche auf der Frisierkommode neben ihren Cremes, einer Parfümzerstäuberflasche, einem Kamm und einer Bürste, die beide mit verschnörkeltem Silber eingefasst waren.

Die Buchstaben I.N.R.I. hatten Tante und Onkel mir schon oft erklärt: Jesus von Nazareth, Rex der Juden. Rex heißt König, das wusste ich. Aber Rex hieß auch der Hund von nebenan. Irgendwie machte ich mir so meine Gedanken zu der Inschrift und auch zu der Wallfahrt. Beides verstand ich nicht so richtig. Das behielt ich aber für mich. Für Tante und Onkel war das alles so wichtig, also war es auch wichtig für mich.

Jedenfalls nahm Tante die Weihwasserflasche von der Frisierkommode, füllte vorsichtig ein kleines Fläschchen, das sie aus der Küche mitgenommen hatte und ich hielt die Luft an.
Was würde wohl mit dem Segen in der Flasche passieren, wenn sie etwas verschüttet, dachte ich. Doch nichts lief über. Sie verschloss beide Flaschen und gab mir die Kleinere.
‚Die schenke ich dir, damit du nicht mehr traurig bist. Jetzt hast du auch Weihwasser, genau wie die anderen Kinder. Das kannst du morgen ruhig Schwester Maria erzählen. Bestimmt freut sie sich für dich.'
Ich gab Tante einen Kuss. Die Freudentränen konnte ich dabei nicht zurückhalten, lief die Treppe runter und zeigte meiner Mutter stolz mein ganz persönliches Weihwasser.
Schwester Maria war am nächsten Tag auch froh, dass die Situation so gerettet worden war.
So, ihr Lieben, jetzt gehen wir Froschlaich gucken."

Fasziniert hatten die Kinder zugehört und sahen Oma mitleidig an.
„Ihr braucht nicht traurig zu sein, die Geschichte ist doch gut ausgegangen."
„Aber gemein war Schwester Maria doch", meinte Mani. „Na ja, sie durfte nicht anders handeln. Das ist manchmal so."

In Gedanken versunken, gingen sie zu den Teichen.
Tossi kam angelaufen. Sie flitzte fünfmal um den kleinen
Teich, weil sie sich freute, dass alle draußen waren. Tossi
wusste genau, dass Maju am besten werfen konnte. Sie
brachte ihm ein Stück Holz. Der warf es in den großen Teich.
Die Hündin sprang hinterher, schwamm und apportierte es vor
Maju' s Füße.
„Gut gemacht", lobte er den Hund.
Bernd kam auch an die Teiche. „Zum Glück habe ich die
Schrauben direkt im ersten Baumarkt bekommen und musste
nicht noch durch die Gegend fahren."
„Darf ich helfen?" Das war Mani.
„Na klar, du kleiner Strolch, komm mit. Wir zwei bauen die
Bank fertig."
Bernd, Mani und Tossi gingen in Opas Werkstatt.
„Willst du auch mitmachen?" Marlies sah Maju an.
„Nö, keine Lust, wir wollten uns doch den Froschlaich
angucken."
„Na, dann los, wir stehen ja quasi schon davor."
Oma zeigte großzügig mit ihren Händen über beide Teiche.

Bernd hatte die Teiche selbst angelegt. Ungefähr 20 Jahre
gab es nun schon den Kleineren. Der war mittlerweile so in die
Gartenlandschaft integriert, dass er aussah wie ein Naturteich.
Goldfische schwammen darin herum. Jetzt spiegelte sich die
Sonne in dem Wasser, man wurde richtig geblendet. Zarte
Seerosenblätter breiteten sich bereits aus. Marlies schaute ins
Wasser und konnte schon die ersten Knospen erkennen. Rote
Blüten würden sich in Kürze zeigen.
Die kann ich dann vom Wintergarten aus sehen, dachte
Marlies. Schön fand sie das.

Vor zwei Jahren war dann der zweite Teich dazugekommen.
Bernd hatte ein richtiges Gartenbauprojekt gestartet. Zuerst
die Planung auf Papier. Abstecken der Grenzen,
ausnivellieren der Höhen. Mehrere Bagger kamen zum
Einsatz, die er sich lieh, aber selbst fuhr und bediente. Wie ein
Profi. Wenn die Kinder in der Bauphase da waren, durften sie
mitfahren. Zur Freude von Mani. Der liebte das. Maju, der
Verträumte, setzte sich sozusagen anstandshalber zu Opa auf
das Gefährt. In Wirklichkeit war das aber nicht sein Ding.
Cama fuhr mit, weil ihr das Rauf und Runter Spaß mache,
allerdings nur für kurze Zeit. Denn so ein Bagger macht ganz
schön Krach und war außerdem nicht so weich gefedert wie
ein Auto. Aber Mani. Der interessierte sich für die Technik. Er
wollte alles wissen. Opa erklärte ihm geduldig jedes Detail und
ließ ihn die Baggerschaufel bedienen. Mani jauchzte vor
Glück, wenn er Erde in die Schaufel bekam, die er dann auf
einen großen Haufen transportierte. Er war begeistert von den
kleinen Hebeln, mit denen er das alles bewerkstelligen konnte.
Am liebsten hätte er nicht mehr aufgehört zu baggern. Wenn
Opa sagte, dass es genug sei, kletterte er betrübt herunter,
sah noch kurze Zeit zu und lief dann freudig zum Sandkasten,
um seine Erfahrung dort mit einem Spielzeugbagger
umzusetzen.

Der Sandkasten stand unter der Kastanie in der Nähe des
Wintergartens. Hier hatte man die Kinder immer im Blick. Von
drinnen und draußen. Auch die anderen beiden liebten es
früher, in dem Sandkasten zu spielen. Jetzt nicht mehr so. Sie
waren ja schon groß. Aber es kam schon mal vor, dass alle
drei zusammen tolle Sachen im Sand bauten. Vor allem im
Sommer. Dann wurde Wasser angeschleppt und gematscht.
Das machte Spaß. Anschließend bespritzten sie sich mit dem
Wasserschlauch und kreischten vor Vergnügen. Oma reihte

sich oft in dieses Vergnügen ein. Der Schlauch wanderte von einem zum nächsten und jeder gab sein Bestes um die anderen so nass wie möglich zu machen.

2.

„Oma, was machst du?" Das war Cama.
Sie kam durch den Wintergarten, wie Jeder. Die Tür war immer auf, wenn jemand zu Hause war. Klingeln taten nur Fremde.

„Bist du alleine?"

„Ja, jeder ist woanders, da wollte ich zu dir."

„Das ist gut, dann kannst du mir helfen."

Die beiden umarmten und drückten sich.

„Weil es regnet, bin ich nicht im Garten. Ich wollte gerade Seife machen."

„Woraus macht man denn Seife?" Cama guckte Oma erstaunt an.

„Wenn du mir hilfst, erfährst du es. Das ist wie alles, meine Süße, wenn man es weiß geht's ganz einfach," sagte Oma lachend. „Wir stellen zuerst mal die Zutaten auf den Küchentisch."

„Das hört sich an, wie backen."

„So ähnlich ist es auch. Nur kommt nichts in den Backofen. Ich habe gerade eine Idee. Wir machen die Seife als Ostergeschenke. Dann kannst du allen, die du magst, Seife zu Ostern schenken."

„Au ja, das ist toll. Was soll ich tun?"

„Hol' dir ein Blatt und einen Bleistift. In der Zeit stelle ich die Zutaten zusammen und diktiere dir dann das Rezept. Danach können wir anfangen."

Innerhalb weniger Minuten waren sie soweit.

Marlies erklärte:

„Für Seife braucht man Fette, Öle und ein Drittel der Gesamtmenge an Flüssigkeit.
Damit das alles zur Seife wird, wird NaOH, das ist Natiumhydroxid, in der kalten Flüssigkeit angerührt.
Durch einen chemischen Prozess erhitzt sich die Flüssigkeit.
Die Fette und Öle werden ebenfalls erhitzt.
Flüssigkeit und Öl müssen auf cirka 40 Grad abkühlen.

Dann rührt man die Natronlauge vorsichtig in das Öl, bis alles schön cremig ist und schüttet diese Seifencreme in eine Form. Diese wird ein bis zwei Tage in eine Decke gehüllt. Erst dann ist die Seife abgekühlt.
Sie wird aus der Form genommen und in Stücke geschnitten. Dann allerdings muss sie noch sechs Wochen aushärten, ehe man sie gebrauchen kann.
Die Seife, die wir heute machen, wird Ostern fertig zum Verschenken sein. Das ist doch toll, oder?"
„Ja, Oma, das ist ganz toll, aber ich habe gar nicht alles verstanden."
„Ist doch klar, deshalb fangen wir gleich an, dann verstehst du das schon. Und noch etwas:
Jedes Fett und Öl hat seine eigene Verseifungszahl.
Damit multipliziert man die Grammzahl des Fettes und weiß, wie viel NaOH man nehmen muss.
Die Verseifungszahlen habe ich mir aus dem Internet geholt. Schau mal, hier ist ein Rezept meiner letzten Seife für dich als Muster. Ich diktiere dir alles und du schreibst nach dem Muster auf. Wenn das Rezept fertig geschrieben ist, wiegen wir die Zutaten ab. Okay?" „Okay, welche Überschrift?"
„1000 Gramm Milch-Kokos-Parfüm-Seife."
„Hm, das hört sich ja duftend an."

Oma diktierte, Cama schrieb:

Milch-Kokos-Parfümseife
1000 Gramm

Fette/Öle	Verseifungszahl	NaOH
400 gr Bellasan	0,1395	55,80 gr
100 gr Margarine	0,1345	13,45 gr

200 gr Olivenöl	0,1345	26,90 gr
200 gr Sojaöl	0,1355	27,10 gr
100 gr Sesamöl	0,1376	13,76 gr

1000 Gramm   137,01
gr

  300 Gramm kalte Milch
   50 Gramm Kokos-Parfüm-Öl

„Gut gemacht," lobte Oma Cama. „Jetzt müssen die beiden Fette abgewogen und in dem Kessel heißgemacht werden." Cama machte das hervorragend. Sie achtete genau auf die Grammzahlen der Waage. Sie hatte richtig Spaß bei dieser Arbeit.
„Darf ich die Öle auch abwiegen?"
„Wieg' du die Öle ab und ich erhitze in der Zwischenzeit das Fett. Übrigens, hier habe ich ein Teethermometer. Damit messen wir gleich die Hitze beider Flüssigkeiten. Besser als auf einem Fieberthermometer kannst du hier die Zahlen ablesen. Schau."
„Ja, Oma, das habe verstanden, beide Flüssigkeiten müssen 40 Grad haben, dann erst dürfen sie zusammengerührt werden."
„Du hast gut aufgepasst, ganz schön schlau, meine Prinzessin." Marlies streichelte Cama liebevoll über den Kopf.
„Ich habe die Öle abgewogen."
„Gut, das Fett ist geschmolzen, dann rühre ich jetzt das Öl hinein. Wir müssen aufpassen, es darf nicht kochen." „Darf ich das Thermometer reinhalten?"
„Ja, jetzt."

Das Thermometer zeigte Raumtemperatur an. Beide schauten zu, wie schnell es auf 90 Grad stieg, als Cama es ins Öl hielt. Sie war fasziniert. „Und jetzt?"
„Jetzt kannst du den Kessel zum Abkühlen auf den Terrassentisch stellen. Aber, Achtung, der Topf ist sehr heiß."
Cama nahm zwei Topflappen und bugsierte den Kessel vorsichtig nach draußen.

Marlies hatte die Terrasse nach ihrem Geschmack gestaltet. Sie ähnelte nicht annähernd anderen, „normalen" Terrassen. Ziemlich groß war sie, mit Holzdielen, Kiesel- und Pflastersteinen. In den Kieselsteinen standen Töpfe mit Lorbeer, Oleander und Olivenbäumchen. Ein in den Kies eingelassener Isolator diente als Blumenständer. Darauf stand jedes Jahr eine knallrote Geranie. Dieses Jahr auch. In Kürze würde sie aufblühen und Oma und alle Besucher bis zum späten Herbst mit ihren roten Blüten erfreuen.

Marlies war seit mehr als 10 Jahren Künstlerin. Natürlich zierten ihre Kunstwerke sowohl die Terrasse als auch den Garten.

„Cama, mein Schatz, mit dem NaOH müssen wir ganz vorsichtig sein. Ich wiege 137 Gramm ab und rühre es langsam in die Milch."
„Oma, wie viel Gramm Milch muss ich abwiegen? Ach, Moment, hier ist ja mein Rezept. Ja, genau, 300 Gramm. Wo soll die Milch rein?"
„Hier, in diesen Plastikmessbecher. Es muss ein hohes Gefäß sein, du wirst gleich sehen, warum."
Marlies ließ das NaOH langsam in die Milch rieseln und rührte gleichzeitig mit einer Gabel.

„Schau, die Milch schäumt schon, weil sie so heiß wird. Das NaOH muss sich vollständig auflösen, sonst wird die Seife nichts. Wir dürfen die Lauge nicht einatmen. Der Raum, in dem man Seife macht, muss immer gut durchlüftet sein."
„Soll ich jetzt hier auch mal das Thermometer reinhalten? Ich bin gespannt, wie heiß die Lauge ist." Cama maß die Temperatur. "80 Grad" stellte sie fachmännisch fest. „Also müssen wir warten bis beide Flüssigkeiten abgekühlt sind. Wie lange dauert das?"
„Bestimmt eine Stunde. Dann können wir weitermachen."

„Komm, Oma, wir gehen schaukeln." Cama nahm Marlies an die Hand.
Über die Terrasse, noch einen Blick auf das Thermometer werfend, gingen sie durch den Garten.

Es regnete nicht mehr. Die Schaukel stand hinter den Teichen. Marlies hatte sich schon als Kind eine eigene Schaukel gewünscht. Vor 26 Jahren, mit 35, erfüllte sie sich den Wunsch und ließ ein großes Gestell aus Holz mit zwei Schaukeln auf einer Anhöhe am Ende des Gartens bauen.

Jeder ihrer Enkel konnte schon mit drei Jahren alleine schaukeln. Das hatte sie ihnen beigebracht. Auch alles andere, was so möglich war auf einer Schaukel. Im Stehen, auf dem Bauch, Kotzkümpchen und so weiter. Wenn Heidi kam, um die Kinder abzuholen, musste sie oft wegschauen, so gefährlich sah das manchmal aus.

„Wer zuerst oben ist!" Cama liebte es, mit Oma um die Wette zu schaukeln.
Je höher man kam, um so mehr gab es einem das Gefühl über den Garten zu fliegen. Genau deshalb stand die

Schaukel an dieser Stelle. Von hier aus ergab der Blick über den Garten ein ganz anderes Bild.

Ihre Kunstwerke waren alle richtig platziert, dachte Marlies. Und es sollten noch mehr dazu kommen. Hier oben stand ein 2 Meter hohes und 1,50 Meter breites Objekt aus Alublech. Dreiteilig, das Material edel. Es passte sich perfekt der Umgebung an. Bei Sonnenschein spiegelte sich alles darin, so dass es bunt wirkte. Und überhaupt, bei jedem Wetter und jeder Tageszeit sah es anders aus. Nachts war es sogar schwarz. Bei Wind bewegten sich die drei Teile hin und her.

Bernd, der Handwerker, unterstützte Marlies immer bei ihren künstlerischen Aktivitäten. Die Realisierung ihrer Vorstellungen scheiterte nie an der Ausführung. Bernd wusste immer, welches Werkzeug für das jeweilige Material nötig war und wies Marlies in die Handhabung ein. Auch die Größe der Objekte spielte keine Rolle. Er überlegte, wie Transport und Aufstellung zu verwirklichen sein würden; ihm fiel immer etwas ein.

Die beiden ergänzten sich vollkommen.
Ihre Liebe zueinander war im Laufe der Jahre immer größer geworden, ohne vereinnahmend zu sein, dachte Marlies jetzt. Sie respektierten sich gegenseitig und jeder hatte sich auf seine Weise entwickeln können, ohne vom anderen eingeengt zu werden. Sie flirteten immer noch miteinander, neckten sich und konnten oft gemeinsam lachen. Auch über Kleinigkeiten.

Von der Schaukel aus sah man den Kieselsteinteich neben dem Wintergarten. Bernd entwarf ihn vor Jahren, realisierte ihn und Marlies leistete ihren künstlerischen Beitrag: aus Carrara-Marmor den Brunnenstein. Ein Marmorblock wurde von ihr „bis zum Ende", so nannte sie das, mit Hammer, Meißel und Schmirgel bearbeitet. Nach eigenem Entwurf entstanden 10 Finger. Die Fingernägel hatte sie mit Schmirgel bis zu Diamantschmirgel so fein poliert, dass jede Maserung des wunderbaren Steines zu sehen war. In der Mitte entstand durch eine Kernbohrung ein Loch. Jetzt sprudelte und plätscherte daraus das Wasser. Marmorstein und Wasser schimmerten in der Sonne, die mittlerweile wieder schien.

Cama turnte auf der Schaukel. „Können wir nun mit der Seife weitermachen?" Sie sprang in hohem Bogen ins Gras. „Hey Oma, guck mal, ein Eichhörnchen."
Es huschte gerade über den Stamm eines Ahornbaumes und nahm seinen Blick nicht von den beiden.
„Komm, setz dich," flüsterte Oma, „wir beobachten es noch ein bisschen."
Und tatsächlich ließ sich das Tierchen nicht stören.
Eine Weile schauten sie ihm zu. Dann gingen sie wieder Hand in Hand zum Haus.
„Manchmal läuft das Eichhörnchen auch über die Erde und Tossi so lange hinterher, bis es auf einen Baum hüpft. Das sieht so aus, als würden sie nachlaufen spielen."

Auf der Terrasse angekommen, prüften sie die Hitze der beiden Flüssigkeiten. Das Thermometer zeigte jeweils 45 Grad.
„Bis die Temperatur auf 40 Grad gesunken ist, stellen wir uns schon mal bereit, was wir noch brauchen. Die Seifencreme wird auf zwei Silikon-Kastenformen verteilt. Dann können wir später schöne große Stücke schneiden," erklärte Oma.
„Außerdem hole ich das Kokos-Parfümöl."

„40 Grad, darf ich rühren?" Cama fand es aufregend.

„Ja, aber vorsichtig, es darf nicht spritzen. Du rührst und ich
gieße langsam die Milch-Natronlauge dazu. Und „Achtung"
beim Atmen. Wenn die beiden Flüssigkeiten zusammen
kommen, entwickelt sich noch mal Hitze und Dämpfe steigen
hoch."

Und so stellten die Beiden Seife her. Sie waren ein gutes
Team. Bevor die Konsistenz cremig wurde, wurde das Kokos-
Parfümöl untergerührt. Es roch verführerisch.

„Jetzt müssen wir uns beeilen. Schnell die Formen füllen. Die
Seife wird nämlich schnell hart. So, dass war's.
Fühl mal, wie heiß die Formen sind. Bestimmt so um die 80
Grad. Ich decke noch Haushaltsfolie drüber, dann schlagen
wir sie in eine Decke ein. Morgen oder übermorgen können
wir dann die Seifenstücke schneiden," sagte Oma.
„So schöne, gut riechende Seife habe ich noch nie
verschenkt," beigeisterte sich Cama.

Heidi kam, um Cama abzuholen.
„Hier riecht es aber gut," stellte sie fest.

Freudestrahlend berichtete Cama ihrer Mutter von der
Seifenherstellung.

3.

„Oma, weißt du schon, wohin wir in den Osterferien fahren?"
Mani kam mit seinem Kickroller um die Ecke gebraust, sprang
ab, ließ ihn fallen und lief in die aufgehaltenen Arme von
Marlies.
„Erzähl es mir."

„Ans Meer zu Tante Heidi und Onkel Klaus. Tanja hat nämlich ein Baby bekommen und jetzt besuchen wir die und nehmen ganz tolle Sachen mit. Ich habe schon Babyspielzeug rausgesucht. Mama sagt, was ich nicht mehr brauche, darf ich verschenken."
„Tust du das denn gerne?"
„Ja, weil Fin sich dann freut, und ich mit ihm spielen kann.
„Hör zu, mein Muckel, Fin ist noch viel zu klein, als dass er mit dir spielen könnte."
„Okay, aber ich zeige ihm die Sachen und erkläre, was er damit machen muss. Weißt du, bei der Spieluhr, braucht er nur an der Kordel zu ziehen, dann kommt schon die Musik."
„Ich weiß, aber an der Kordel wird er auch noch nicht ziehen können. Du kannst die Uhr aber schon mal an seinem Bettchen befestigen und ihm die Musik vorspielen. In ein paar Monaten wird er es dann selber können. Und bestimmt erinnert er sich dann, dass du es ihm gezeigt hast."
Zufrieden nahm Mani seinen Kickroller und war so schnell verschwunden, wie er gekommen war.

Vier Wochen nach der Geburt von Mani, stellten die Ärzte einen Herzfehler fest. Das war ein Schock. Er musste für einen Monat In die Kinderherzklinik.
Sein kleines Herz pumpte Blut in einen Kanal, der normalerweise nicht vorhanden ist. Dadurch erhöhte sich der Blutdruck exorbitant. Das war gefährlich. In der Herzklinik hoffte man, den zusätzlichen Kanal mit einer bestimmten Methode sozusagen veröden zu können. Es wurde ein künstlicher Herzstillstand herbeigeführt. Aber der zusätzliche Kanal blieb. ‚Es kann sich auswachsen, dass heißt im Laufe des Wachstums bildet sich der Kanal zurück, oder er bleibt in der jetzigen Größe bestehen. Je größer das Kind wird, um so weniger gefährlich ist dieser Kanal', prognostizierten die Ärzte.

Heidi, Betti und Marlies wechselten sich täglich mit der Betreuung des Babys in der Kinderklinik ab. Alle vier Stunden – von 10 Uhr bis 14 Uhr und von 14 Uhr bis 18 Uhr.

Die Frauen hatten einen Besuchsplan erstellt. Marlies erinnerte sich noch genau an diesen Monat. Es war Februar und kalt. Wenn die Sonne schien, durfte sie mit Mani draußen spazieren gehen. Sie hatte schnell gelernt, wie die vielen Schnüre und Leitungen an dem kleinen Körper abgestöpselt wurden. Das war ihr anfangs nicht leicht gefallen, weil ihr Herz so schwer war, beim Anblick des kleinen, verkabelten Körpers. Aber dann hatte sie sich gesagt, das ist ein Baby wie jedes andere und die Handhabungen waren in Routine übergegangen.

Jedes Mal, wenn Marlies kam, sprach sie mit Mani, wenn er nicht schlief. Sie wickelte und fütterte ihn. Ging mit ihm auf dem Arm in der Klinik spazieren. Erklärte die Spielzeuge und stellte ihn den anderen Kindern vor. Sie nutzte die vier Stunden voll aus, um Mani die Welt vorzustellen. Wahrscheinlich hat das auch unser Verhältnis geprägt, dachte sie jetzt. Und deshalb war er vielleicht auch zu ihrem anschmiegsamen Muckel geworden.

Bei der einmonatigen Beobachtung in der Kinderherzklinik hatten sich keine weiteren Auffälligkeiten ergeben. Auch die jährlichen Kontrolluntersuchungen waren immer zufriedenstellend. Mani hatte sich zu dem Strolch entwickelt, der er nun war. Nichts, aber auch gar nichts merkte man ihm an.

Marlies betrachtete gedankenversunken ihren Vorgarten. Den ursprünglich „normalen" Vorgarten hatte sie in einen „Künstler-

Kräutergarten" umgearbeitet, und letzten Herbst 40 rote
Tulpenzwiebel kreuz und quer in den Boden gesetzt. Dicke
Knospen waren kurz davor aufzugehen. Einen Monat würde
der Vorgarten in leuchtendem Rot erstrahlen.
Marlies liebte Tulpen. Jedes Jahr konnte man diese Blumen
schon eine Woche nach Weihnachten in den Geschäften
kaufen. Das tat Marlies immer. Wenn sie nicht mehr zu kaufen
waren, blühten sie im eigenen Garten. So konnte Marlies sich
fünf Monate im Jahr an Tulpen erfreuen. Anschließend blühten
draußen die roten Geranien. Auch fünf Monate. So hatte sie
10 Monate ihre Lieblingsfarbe in Form von Blumen rund um
das Haus.

Die Kräuter trieben unterschiedlich. Bald würden sie ihren Duft
verbreiten. Man konnte so viel mit ihnen machen. Essen war
selbstverständlich. Aber Marlies hatte sie auch für vieles
andere entdeckt. Seifen, Salben, Cremes, Umschläge,
Tinkturen, Tee, Likör und bestimmt würde noch einiges
hinzukommen, wenn sie sich weiter damit beschäftigte.
Sie hatte sich schon eine Kräuterbibliothek angelegt und
vertiefte sich manchmal sehr intensiv in ihre Lektüre. Sie
lernte gerne und viel. Wenn sie darüber nachdachte, dass sie
früher nichts, aber auch gar nichts von der Natur wusste, war
sie jetzt richtig stolz auf sich.

‚Solange ich arbeiten ging, war meine Arbeit mein Leben.
Obwohl ich viel wusste, habe ich auch da ständig Neues
dazugelernt', dachte sie. ‚Die Verantwortung habe ich gerne
übernommen. Nichts war mir zuviel. Mein Beruf war meine
Berufung. Frühling, Sommer, Herbst und Winter habe ich als
gegeben, unbewusst wahrgenommen. Immer neue Klamotten,
für jede Jahrszeit, das war mir bewusst', sinnierte sie weiter.
‚Ich habe diese Zeit genossen, jetzt aber ein neues

Lebenskapitel begonnen. Das stellte sich anfangs ganz schön schwierig dar. Eine Prokuristenrolle in eine neue, unbekannte Rolle umzuwandeln, war nicht einfach'.
Marlies hatte sehr an dieser Aufgabe gearbeitet. Anfangs dachte sie, kein Problem, ich bin vielseitig interessiert, habe einige Hobbys. Alles macht mir Spaß. Dann stellte sie fest, dass ihre Interessen und Hobbys sozusagen freizeit- und urlaubsmäßig in ihr programmiert waren. In kurzer Zeit intensiv genießen. Das funktionierte so nicht mehr. Sie musste ihr Leben umkrempeln. Dazu passten die bisherigen Aktivitäten gar nicht mehr.

,Vor zehn Jahren fuhr ich morgens mit meinem Porsche 911 Carrera Cabriolet einhundertfünfzig Kilometer zum neuen Hauptsitz meiner Firma und abends wieder zurück. Zehn Monate lang, fünfmal die Woche. Heute brauche ich keinen Porsche mehr, sondern eine Familienkutsche. Wie gerne bin ich Porsche gefahren. Ich war gut trainiert. Mehrere Sicherheitstrainings und Porschefahrschulen auf Rennstrecken.
Auf der Autobahn fuhr ich immer meine persönlichen Bestzeiten.'

Marlies lachte in sich hinein. Sie hatte damals die einhundertfünfzig Kilometer Strecke gedanklich in Passagen eingeteilt. Immer, wenn freie Fahrt möglich war, achtete sie auf die Zeit. Die beste Gesamtzeit für die ganze Strecke waren einmal 48 Minuten gewesen. Von Tür zu Tür. Oft schaffte sie es in 60 Minuten, aber 48 Minuten, das kam nie mehr vor.

,Autofahren war meine Leidenschaft. Bei wie vielen Rennen bin ich mitgefahren! Ich weiß es gar nicht mehr. Einige von

Europas Rennstrecken habe ich auf den eigenen Rädern „erfahren". Ich war gut. Hielt mich immer im Mittelfeld von vorwiegend männlichen Fahrern. In der Frauenwertung habe ich mich immer unter die ersten drei platziert. Die Pokale stehen heute noch im Büro. Kein Unfall, kein Blechschaden. Nur einmal in Zolder den Motor überdreht. Das war teuer geworden. Aber die Werkstatt hatte bei der Reparatur noch eine „kleine Leistungsverbesserung", so nannten die das, eingebaut. Danach konnte der Motor in jedem Gang 200 Umdrehungen höher drehen. Das machte viel aus und ich habe es genutzt'.

Versonnen schaute Marlies auf ihr Kräuterbeet.

‚Jetzt brauche ich den Porsche nicht nur nicht mehr, ich vermisse ihn überhaupt nicht. Vor sechs Jahren habe ich meine letzte schnelle Fahrt gemacht. Bevor wir nach Australien gingen, wurde das Auto abgemeldet, in die Garage gestellt und letztes Jahr verkauft. Zur richtigen Zeit das Richtige gemacht', dachte Marlies weiter.

Bernd und sie waren fast zwanzig Jahre im Porsche Club. Einige Jahre hatten sie sogar zwei dieser tollen Autos. Bestimmt zehn Jahre war Marlies als einzige Frau im Vorstand. Gesellschaft, Sport und Technik hatte sich der Club zur Aufgabe gesetzt. Sie waren eine tolle Clique und freuten sich immer alle auf die Treffen und Veranstaltungen. Ihre Reisen nach Irland, Schweden, England, Italien, Frankreich und so weiter, erregten jeweils Aufsehen. Na klar, wenn mehr als zwanzig Porsche unterwegs waren, konnte man schon von einem Ereignis sprechen. In England wurden sie sogar von einem Minister empfangen und ein großer Bericht mit Bildern erschien in einer englischen Zeitung.

Zwei Jahrzehnte Auto fahren und einen verantwortungsvollen Beruf erleben, da blieb für das Bewusstmachen der Natur irgendwie keine Zeit.
Das holte Marlies jetzt auf. Alle Sinne öffneten sich peu à peu, seit sie angefangen hatte zu malen.
Damals hatte sie ein Schlüsselerlebnis: Du weißt gar nicht, was wann blüht.
Seitdem ging sie mit offenen Sinnen über die Erde. Sie guckte, roch, fühlte. Sie erfuhr, dass die Erde alles gibt und alles nimmt. Diese Erfahrung öffnete in ihrem Bewusstsein einige Türen. Was bis dahin „nur" Aktivitäten waren, wandelte sie um in bewusstes Erleben. Stück für Stück.

Mehrere Marmor- und Sandsteinobjekte und ein weiblicher Torso aus gebranntem Ton standen zwischen den wild arrangierten Kräutern. Das sah sehr gefällig aus.
Wenn Bernd die Bank fertig gebaut hatte, sollte sie hier an der Hauswand stehen. Dann würde man einfach nur dasitzen, sich von der Sonne bescheinen lassen und die Kräuter, Tulpen und Kunstwerke betrachten können.

Die Hauswand war an der Südseite. Gerade jetzt im Frühling ein wunderschöner, windgeschützter Platz.
‚Warum stellen wir erst jetzt eine Bank hier auf?' Marlies konnte ihre eigene Frage nicht beantworten.
‚Auf die eigenen Kunstwerke zu schauen, ist erhebend', ging ihr durch den Kopf.

Einmal hatte Bernd einen PKW – Anhänger geliehen und sie waren nach Italien gefahren, um in Carrara Marmor zu holen. Deshalb konnte Marlies aus ihrem eigenen Vorrat schöpfen. Ein Marmordepot war hinter dem zweiten Gartenhaus. Ein regelrechter Luxus, fand sie.

Allein die Marmorsteinbrüche von Carrara sind ein Erlebnis. Weiß wie Schnee ragen die Marmorberge bis in den blauen Himmel. Straßen gibt es in diesem Gebirge nicht. Die Serpentinenwege sind weiß mit Marmorstaub bedeckt. Tonnenschwere Blöcke werden mit LKWs die schmalen Wege zum Hafen hinuntergefahren. Leere LKWs fuhren wieder herauf.

Bernd mit seinem Geländewagen und dem Anhänger, der anderthalb Tonnen laden konnte, mittendrin.

„Hoffentlich gibt es keinen Regen. Schau, dahinten die Wolken sehen verdächtig aus." Er zeigte in die Richtung der Wolken. „Wenn es regnet werden die Wege glitschig. Bei den Kurven und mit vollem Anhänger ist das gefährlich."

„Dann bleiben wir oben im Berg." Marlies blieb gelassen.

Sie hatten ihr Dachzelt auf dem Auto. Das würden sie aufschlagen und darin übernachten. Das Dachzelt. Es war ihr treuer Begleiter seit Jahrzehnten. Ursprünglich war es für Markus gekauft worden, als er elf Jahre alt war. Bis dahin hatten sie ein Hängebett für ihn, das über Fahrer- und Beifahrersitz im VW-Bus eingehangen wurde. Als Markus nicht mehr mitreiste, kam das Zelt auf den Geländewagen, den sie sich zwischenzeitlich, hauptsächlich wegen ihren Afrika-Reisen, angeschafft hatten.

Geländewagen und Dachzelt sind für Afrika genial.

Marlies hing ihren Gedanken nach, als sie in die weißen Marmorberge fuhren.

Vier Kontinente hatten sie schon bereist. Europa, Vorderasien, Afrika und zuletzt Australien.

Afrika war ihr Lieblingskontinent. Immer wieder zog es sie dorthin.

Nicht umsonst hieß es, wer einmal vom Afrika-Virus infiziert ist, der behält ihn ein Leben lang.

Sie musste niesen und kramte ihre dunkelste Sonnenbrille hervor. Es war dermaßen grell in dem sonnenbeschienenen Marmor, dass man regelrecht geblendet wurde. Es schimmerte, glitzerte und strahlte von allen Seiten. Ein Wunder der Natur.

Bernd stellte das Auto auf einer Ausweichstelle ab. Sie stiegen aus. Faszinierend war der Ausblick. Überall lagen Marmorbrocken. Feine graue Adern durchzogen den Stein.
„Wir könnten hier schon Steine einladen."
„Jetzt sei nicht so ungeduldig. Du möchtest doch große Steine. Die könnten wir gar nicht heben. Gleich sind wir oben und im Nullkommanix wird der Anhänger voll sein."
Bernd war immer so pragmatisch.
Gerade, als sie wieder einsteigen wollten, donnerte ein LKW an ihnen vorbei. Er transportierte einen einzigen Marmorblock.
‚Der ist bestimmt drei mal drei Meter und zehn Meter lang.'
Marlies dachte kurz an die alten Ägypter, Griechen und Römer. ‚Wie hatten die solche Blöcke transportiert?' Sie würde es nachlesen. Doch diese Gedanken wollte sie jetzt nicht vertiefen.
Sie fuhren weiter bergauf. Schmale Wege, scharfe Kurven, alles weiß. In ziemlich regelmäßigen Abständen gab es Ausweichstellen. Die mussten immer angefahren werden, wenn ein LKW entgegen kam.
„Bergab hat Vorfahrt", klärte Bernd sie auf.
‚Junge, junge der weiß aber auch alles', dachte Marlies.
Plötzlich war der Weg zu Ende. Sie hatten ein Plateau erreicht. Die Luft war vernebelt von weißem Staub.

Bernd orientierte sich kurz, stellte das Auto samt Hänger an einer Stelle ab, wo es all die Fahrzeuge, die hier unterwegs waren, nicht behinderte.

„Wir müssen jemanden finden, der etwas zu sagen hat." Wieder einmal hatte Bernd den Durchblick.
Sie gingen wie selbstverständlich durch den Marmorbruch.
Sprengungen waren zu hören.

„Da werden die Blöcke gesprengt, wie wir sie auf den LKWs gesehen haben," erklärte Bernd.
Überall waren Berge aus Marmorbrocken, großen und kleinen.
„Das ist Abfall. Damit sollen die uns den Anhänger voll machen. Da kommt ein Landrover. Das muss der Chef sein."
Bernd hielt das Auto an und machte dem Mann klar, was sie wollten. Beide sprachen nicht dieselbe Sprache und trotzdem hatten sie sich verstanden.
‚Das ist Bernd', dachte Marlies liebevoll.
Der Chef gestikulierte mit seinen Händen und Bernd war klar, sie sollten ihm folgen. Schnell stiegen sie in ihr Auto und fuhren dem Mann hinterher. An einer Wiegestation sprang er aus seinem Fahrzeug, gab einem Mitarbeiter eine kurze Erklärung und schon wurde Bernd eingewunken. Der Anhänger musste so bugsiert werden, dass ein Vorderlader ihn beladen konnte.
Es hatte angefangen zu regnen. Der weiße Staub verwandelte sich in Matsch. Man rutschte wie auf Schmierseife.

„50,-- Euro habe ich bezahlt." Marlies strahlte. Sie konnte es gar nicht fassen. Anderthalb Tonnen Marmor, herrliche Stücke für 50,-- €.
„Was machen wir jetzt?"
„Wir warten den Regen ab. Ich denke, dann fahren wir langsam wieder runter." Bernd schaute zum Himmel. Es

schien nur ein Schauer zu sein. Tatsächlich, nach ein paar Minuten hörte der Regen auf, aber glitschig war es immer noch.

„Komm," sagte Bernd, „wir fahren. Wenn die beladenen LKWs das schaffen, dann schaffen wir es auch."

Ohne Zwischenfälle kamen sie auf dem Marmorbruch wieder im Ort Carrara an.

Eine Woche reisten Marlies und Bernd durch die Toskana. Fuhren auf die Insel Elba, zu dem Künstlergarten von Nici de Sant Phalle, schliefen in ihrem Dachzelt und genossen das Leben.

In Pietra Santa besuchten sie Marmorwerkstätten und durften den Künstlern bei ihrer Arbeit zusehen. Dort kauften sie in einem kleinen Werkzeugladen Marmorwerkzeug. Gerade in dieser Gegend war man darauf spezialisiert. Eine ganze Stunde verbrachten sie in dem Geschäft. Die Rechnung war am Ende zehnmal höher, als das, was der Marmor gekostet hatte. „Trotzdem kannst du mit den Meißeln und Feilen nicht anderthalb Tonnen Marmor bearbeiten. Du wirst sehen, wie schnell die Werkzeuge abgenutzt sind." Bernd wusste wovon er sprach, als sie in einem gemütlichen Café mit Blick über den Marktplatz, noch ein mal jedes einzelne Stück Werkzeug betrachteten.

Hier hatten sie vor ein paar Jahren schon einmal gesessen. Damals hatten internationale Künstler ihre Werke in einigen Städten in der Toskana ausgestellt. In Pietra Santa waren überdimensionale Bronze-Figuren von Botero zu sehen. Überall in der Stadt verteilt standen sie. Botero arbeitet öfter in einem Kloster in Pietra Santa.

Das besuchten sie jetzt. Hier konnte man Entwürfe von ihm betrachten und sogar anfassen. Marlies war überwältigt. Sie ließ sich von Bernd neben einer drei Meter hohen Figur aus Gips fotografieren und fühlte sich dem Künstler ganz nah.

„Erntest du in deinen Gedanken schon die Kräuter?" Bernd lachte. „Schade, dass ich keinen Fotoapparat dabei habe. Du hast so verzückt geguckt, das hättest du sehen müssen."
„Mir ist gerade die Carrara-Tour durch den Kopf gegangen. Hier, die Stücke habe ich aus dem Marmor gemacht."
„Ja, ich weiß, und die passen auch super in das Beet.
„Danke."
Ein flüchtiger Kuss, weg war er wieder.

4.

Oma arbeitete in diesem Frühjahr mit Gasbetonsteinen. Einige Objekte hatte sie schon fertiggestellt. Der Gasbeton war leicht, porös und gut zu bearbeiten.
Was sie jetzt machte, sollte eine Überraschung für Heidi und Markus werden. Ein Baum für deren Garten. 2,20 Meter hoch. Unten 60 Zentimeter im Durchmesser, nach oben verjüngend auf 10 Zentimeter im Durchmesser. Natürlich nach eigenem Entwurf. Bei großen Objekten machte sie immer eine eins zu eins Schablone. Damit konnte sie gut arbeiten. Die Steine mussten mit Spezialkleber zusammengeklebt werden. Darum hatte sich Bernd gekümmert. Jetzt stand der 0,60 x 2,20 Meter große Block im Pavillon. Marlies konnte nun mit ihrem Kunstwerk beginnen.

Der runde Pavillon war mit Natursteinen gepflastert, hatte ringsherum ein 50 Zentimeter hohes Mäuerchen und eine Größe von 4 Metern im Durchmesser. Zum Schutz vor Sonne und Regen hatte Bernd eine freitragende Holzkonstruktion mit weißer LKW-Plane bedeckt.

Hier war Omas Freiluft-Atelier, wo sie bei jedem Wetter arbeiten konnte. Ein Stufenweg führte vom Wintergarten zum Pavillon. Von diesem Arbeitsplatz hatte Marlies den perfekten Überblick. Sie sah jeden, der kam, egal von welcher Seite. Zwei Eingänge zum Garten gab es.

Von hinten, dort konnten am Besten die Autos abgestellt werden, kamen jetzt vier Wirbelwinde angelaufen. Tossi, Cama, Maju und Mani.

"Hallo Oma", riefen sie im Chor.
„Hallo Kinder." Marlies tätschelte Tossi und gab jedem Kind einen Kuss.

„Was machst du denn mit dem Turm?" Mani war der Vorwitzigere.

„Ein Kunstwerk als Überraschung für euere Eltern. Ihr dürft aber nichts erzählen, weil es ja eine Überraschung ist. Versprochen?"

„Na klar." „Versprochen." „Ehrensache."

Kunstausstellung/Gasbeton

„Was haltet ihr davon, wenn jeder von euch ein Kunstwerk macht und wir zusammen eine Kunstausstellung planen?"

„Was ist eine Kunstausstellung?" wollte Mani wissen.

„Wir machen alle ein Kunstwerk oder viele, dann laden wir Leute ein, die gucken alles an und können kaufen, was ihnen gefällt." Maju erklärte kurz und knapp, worum es ging. Das war seine Art. Er konnte immer alles direkt auf den Punkt bringen.

„Ich schreibe die Einladungen", bot Cama sich an.

„Eine musst du nur schreiben, die kopieren wir und verteilen sie dann." Das war natürlich wieder Maju.

„Wann machen wir die Ausstellung und wen laden wir ein?" Cama blickte in die Runde.

„Stopp!" Oma schaltete sich ein. „Was stellt ihr denn aus?" Betreten guckten die Kinder sie an.

„Wir haben ja noch gar nichts. Also müssen wir zuerst was aus diesen Steinen machen." Maju nahm ein Stück, drehte es hin und her und verkündete den Anderen: „Ich mache Monster."

„Und ich Dinos", sagte Mani.

Cama überlegte kurz. „Ich mache Gesichert."

„Hier ist euer Werkzeug. Messer und Feilen. Mit den Messern könnt ihr euch schneiden, die Feilen hinterlassen blutige Spuren, wenn ihr nicht vorsichtig damit umgeht. Alles klar?"

„Ja Oma." Alle drei nickten ernst.

„Dann könnt ihr anfangen. Wenn die Objekte fertig sind, könnt ihr sie mit Acryl-Farbe anmalen. Das muss aber nicht sein. Braucht jemand Hilfe?"

„Ich weiß nicht wie ein Dino geht", verkündete Mani mit traurigem Blick.

„Weißt du denn schon, welchen Dinosaurier du machen willst?" Maju schauten seinen Bruder mitleidig an.

„Ja, den Dinosaurus Rex. Das ist der Schönste."

Ich weiß, aber du kannst doch alle Dinos malen. Nimm dir Papier und einen Stift, mal ihn so wie du ihn haben willst und dann geht das schon."

So ist Maju, dachte Oma, er hilft den Kleinen immer, wenn sie nicht weiter wissen.

„Ja, so geht das," sagte sie zu Mani. „Soll ich dir helfen?"

„Nö, das kann ich schon alleine."

Nachdem Mani seinen Dinosaurus Rex auf ein Blatt Papier gemalt hatte, schaute er den Großen kurz zu, wie sie Messer und Feilen handhaben, dann begann er geschickt mit seinem eigenen Werk.

Mit geschlossenen Augen lag Marlies auf dem Liegestuhl. Den hatte sie in die Sonne neben dem Pavillon platziert und konnte so mit den Kindern kommunizieren. Sie genoss die Frühlingssonne. Tossi lag neben ihr im Gras und döste vor sich hin. Ihre Gedanken kreisten um den Überraschungsbaum für Markus und Heidi. Vorbild war der afrikanische Baobab. Ihr Lieblingsbaum. Der war so fest in ihrem Kopf verankert, dass sie ihn schon in vielen Variationen auf Leinwand und Papier gemalt hatte. In allen Rottönen leuchtend, hing er 2 x 1 Meter groß im Flur. Nun wollte sie ihn endlich einmal dreidimensional machen.

So hatte überhaupt alles angefangen. Nach zwei Jahren
malen, wollte Marlies Dreidimensionales realisieren. Drum
herumgehen, von allen Seiten betrachten und befühlen
können. Wie von selbst hatte sich dieses Bedürfnis eingestellt.
Als ein paar Bäume im Garten gefällt werden mussten, hatte
sie mit Holz begonnen. Das erforderliche Werkzeug bekam sie
von Bernd.
Ein Riesenfinger war damals entstanden. Übergroß, aber die
Proportionen stimmten. Jahrelang stand dieser Finger im
Garten und zeigte in den Himmel. Irgendwann hatte sich dann
die Natur ihr Eigentum zurückgeholt. Interessiert beobachtete
Marlies den langsamen Verfall. Das war eine neue Dimension
für sie. Wieder war eine Tür in ihr aufgegangen.
Langsam entwickelte sich die Künstlerin in ihr.
Sie hantierte und experimentierte mit Ton. Wunderbare
menschliche Körper ließ sie aus diesem Material entstehen.
Ton musste natürlich gebrannt werden, damit die Skulpturen
draußen bestehen konnten. Prompt schenkte Bernd ihr einen
Brennofen.
Zwei mal hatte Marlies nach Aktmodellen gearbeitet. Eine
junge Frau und ein Mann standen jeweils zwei Tage Modell.
Sie durfte die Körper erforschen. Wo hörten die Rippen auf
und fingen die Hüftknochen an, Schlüsselbeine,
Schulterblätter, Längenverhältnisse der Arme, des Rumpfes,
der Beine. Wie lang waren Hals, Arme, Beine? Wie hoch der
Kopf? Sie vermaß alles genau, notierte es, ertastete die
Wirbelsäule und Muskelgruppen.
Drei Ton-Torsos entstanden so in Originalgröße. Zwei
weibliche, ein männlicher. Gut platziert standen zwei im
Garten. Einer zwischen den Kräutern im Vorgarten.

„Oma, ist das Gesicht so gut?" Cama brachte ihr den Stein.
Augen, Nase, Mund hatte sie in gelungenen Proportionen

angelegt. An den richtigen Stellen Stein abgetragen und gefeilt.

„Sehr gut, mein Schatz, jetzt kannst du ja mal einen größeren Stein nehmen und versuchen einen anderen Ausdruck ins Gesicht zu arbeiten."

„Wie denn?"

„Zum Beispiel eine andere Nasenform, größere oder kleinere Augen. Auch den Mund kannst du ändern. Du wirst sehen, das neue Gesicht sieht dann ganz anders aus, als das erste. Und das Dritte machst du wieder anders."

„Dann habe ich für unsere Ausstellung viele Gesichter und jedes sieht anders aus. Toll!"

„Übrigens, die Seife habe ich schon geschnitten, komm, wir gehen mal gucken."

Die beiden gingen ins Schlafzimmer. Hier hatte Marlies die Seifenstücke zum Trocknen ausgelegt. Das Zimmer roch verführerisch.

„Hm." Cama schnupperte genussvoll und nahm ein Stück in die Hand.

„Sieht aus wie Kuchen und riecht so lecker, dass ich direkt reinbeißen könnte," stellte sie fest.

„Wir lassen sie noch bis kurz vor Ostern liegen, dann kannst du sie als Geschenk verpacken. Wie viel Stücke brauchst du denn?"

„Acht", antwortete Cama prompt. Ja, sie wusste immer, was sie wollte.

„Gut", sagte Oma, „zehn Stücke haben wir, dann bleiben für uns noch zwei übrig. Jetzt nehmen wir noch Saft und Gläser mit hinunter in den Garten. Auch Plätzchen?"

„Ja, ich nehme den Saft und du bringst die Gläser und die Plätzchen mit."

‚Cama ist wie ich. Die geborene Managerin,' dachte Marlies.

„So, Kinder. Pause! Lasst uns zu den Teichen gehen, dort können wir etwas trinken, Plätzchen essen und die Kaulquappen beobachten."

Marlies und Cama gingen mit dem Proviant voraus, stellten alles auf einen kleinen Tisch und setzten sich schon mal auf die Bank. Von hier konnte man das Kaulquappengewimmele genau beobachten. Die Jungen kam hinterher und setzten sich zu ihnen.

„Bald werden die Beine wachsen", stellte Maju fachkundig fest.

„Und dann?", fragte Mani.

Maju erklärte den anderen Beiden, dass es dann kleine Frösche werden würden, die aus dem Wasser kommen, durch die Wiese hüpfen und irgendwann weg sein würden. Er hatte Interesse für biologische Entwicklungen. Neulich hatte er Oma genauestens die Unterschiede zwischen Bienen, Wespen, Hummeln und Hornissen erklärt. Beeindruckt von seinem Vortrag, hatte Marlies wieder etwas dazu gelernt.

Sie unterhielten sich noch eine Weile, um dann an ihrem Kunstprojekt weiterzumachen.

Wieder in der Sonne liegend, war Marlies in Gedanken bei ihrem Baobab. Sie wusste genau, wie er aussehen sollte, ihr Baum aus Stein.

‚Meinen ersten Affenbrotbaum, so wurde der Baobab auch genannt, habe ich in Westafrika gesehen. 30 Jahre ist das her. Das „Sahara-Clübchen", den Namen hatten sie sich bereits ein Jahr vorher gegeben. Fünf Männer, fünf Frauen und zwei Kinder. Reiner, der Sohn von Ena und Heinz, war 14 Jahre alt und Markus gerade vor einem Monat 9 Jahre geworden.

Es war Januar. Sie saßen im Wohnzimmer. Den Wintergarten gab es damals noch nicht. Heinz verteilte zehn Aufkleber. Für jeden VW-Bus zwei. Er hatte sie selbst gemacht. Ein Kamel und eine Palme waren zu sehen.

‚Wir kleben sie rechts und links auf die hinteren Seitenscheiben, sozusagen als Erkennungszeichen', erklärte er.

Es war ihre letzte Lagebesprechung. Nächste Woche würde es los gehen. Nord-Süd-Sahara-Durchquerung mit fünf VW-Bussen. Anderthalb Jahre Vorbereitung lag hinter ihnen.

Alle gingen raus, um die Aufkleber anzubringen. Die Expeditionsfahrzeuge standen wie aufgereiht auf der Straße. Rot-weiß, blau-weiß, orange-weiß, dunkelgrün-weiß und hellgrün-weiß. Die Autos hatten sie vor anderthalb Jahren aus allen möglichen Ecken zusammengekauft. Nicht mehr als DM 500,-- durfte ein Bus kosten. Einer nach dem Anderen war dann von den Männern technisch überholt, mit einem Innenausbau versehen und gestrichen worden.

Die Frauen nähten Gardinen, planten und besorgten die Verpflegung, buchten die Fährpassage über das Mittelmeer, den Rückflug von Togo mit Zwischenstation in einem Hotel in Kairo.

Alle waren sie erfahrene Reisende. Immer mit eigenen Fahrzeugen unterwegs, doch eine Saharadurchquerung, die nicht ohne Risiken sein würde, hatte noch keiner von ihnen gemacht. Deshalb taten sie sich zusammen. Gemeinsam wollten sie diese Herausforderung an Mensch und Material erleben.

Zwölf verschiedene Charaktere, sechs Wochen lang aufeinander angewiesen.

Würde das klappen?

Diese Frage diskutierten sie offen miteinander.

Sie machten mehrtätige Vortouren in die nähere Umgebung um ihr Miteinander zu testen.

Sollten sie gemeinsam frühstücken und kochen, oder jeder für sich? Das war die Aufgabenstellung einer Vortour. Eigentlich dachten sie, dass es ökonomischer sei, alles gemeinsam zu machen. Das stellte sich jedoch schnell als falsch heraus. Der Aufwand, alle Tische und Stühle zusammen zu stellen, ein paar Liter Wasser oder das Essen in großen Töpfen zu kochen, wer für was zuständig sein würde, wäre zu groß und könnte im Laufe der Wochen zu Streitigkeiten führen. Es hätte organisiert werden müssen. Schnell waren sie sich einig, dass sie das nicht wollten. Jedes Paar würde für sich selbst sorgen, essen und trinken, was und wann sie wollten. Auch Wasser- und Benzinvorräte waren Themen.

Sie hatten ausgerechnet, dass jeder fünf Liter Wasser am Tag brauchte; trinken, waschen, essen inklusive.

Ein eiserner Grundsatz würde aufgestellt: Alle Wasserkanister müssen immer aufgefüllt werden, sobald sich die Möglichkeit ergibt. Dasselbe galt auch für die Benzinkanister.

Autoersatzteile, sogar ein Rumpfmotor und zehn Sandbleche waren auf die fünf Fahrzeuge verteilt worden.

Die Innenausbauten glichen einem Camper. Tagsüber Sitzbänke und Tisch, die abends mit ein paar Handgriffen zur Schlaffläche wurden.

Tief in Gedanken versunken, hörte Marlies die Kinder erst, als sie im Chor skandierten: „Oma, Oma, Oma."
„Du sollst doch nicht schlafen", sagte Mani vorwurfsvoll.
„Guck hier, mein Dino ist fertig und Justus' Monster auch."
Beide hielten ihr stolz die Kunstwerke entgegen.
„Die sind ja toll geworden. Beide. Ich muss gar nichts korrigieren."
Oma betrachtete jede Plastik eingehend von allen Seiten.
„Sehr schön. Stellt sie auf das Mäuerchen, neben Camas Gesicht. Jetzt haben wir schon drei Teile für die Ausstellung.

Übrigens habe ich nicht geschlafen, sondern mit geschlossenen Augen an unsere erste Saharadurchquerung gedacht."

„Erzähl uns bitte davon". Cama war jetzt auch zum Liegestuhl gekommen. Ihr zweites Gesicht und eine Feile hielt sie in den Händen.

„Kommt, wir setzen uns wieder hinten auf die Bank. Da stehen noch die Plätzchen und der Saft. Dann erzähle ich euch, was wir damals erlebt haben".

Afrika

„Ende Januar fuhren wir los. Zehn Erwachsene und zwei Kinder. Euer Papa war damals neun Jahre und der andere Junge, Reiner, vierzehn Jahre alt.

,Hast du auch die Fähr- und Flugtickets?, wollte Opa wissen.

„Wieso Flugtickets?" fragte Cama, „ihr hattet doch Autos!"

„Gute Frage. Die Autos wollten wir in Westafrika lassen. Vielleicht verschenken, oder noch besser verkaufen und dann von dort zurückfliegen. Hol doch mal einer den Globus, dann zeig ich euch alles."

Mani, der Wirbelwind, flitzte los. „Hier ist Afrika", zeigte er stolz den anderen, als er zurückkam.

„Richtig. Und hier das Mittelmeer. In Frankreich, Marseille, hier, sind wir aufs Schiff." Marlies zeigte mit dem Finger auf das Mittelmeer und auf Marseille.

„Konnten da alle Autos drauf?" Mani guckte ungläubig.

„Ja, auch noch Busse und LKWs und fünfhundert Menschen."

„Toll", begeisterte er sich.

„Und dann ging es über das Mittelmeer nach Tunesien."

Oma fuhr mit dem Finger über den Globus.

„Da, im Hafen von Tunis sind wir angekommen. Dann ging es weiter durch Tunesien, Algerien, die Sahara –seht hier, das große braune Stück ist alles Wüste-, Niger bis an die Westküste nach Togo. Ungefähr fünftausend Kilometer hatten wir vor uns."

„Das sind ja fast eintausend Kilometer in der Woche", stellte Maju fest.

„Ja, das stimmt. Sechs Wochen hatten wir vor uns, aber in der letzten Woche wollen wir alles mit den Autos regeln, also verkaufen oder verschenken, zurück fliegen und noch ein paar Tage in Kairo, also Ägypten, verbringen. Schaut, so war der Rückflug. Von der Westküste quer über Afrika nach Kairo."

Die Kinder verfolgten Omas Finger auf dem Globus.

„Habt ihr auch die Sphinx und die Pyramiden gesehen? Die kenne ich aus Asterix und Obelix", sagte Maju.

„Ja klar. Unser Hotel war so nahe an den Pyramiden, dass wir zu Fuß das ganze Gebiet erkunden konnten. Wir waren in einigen Grabkammern von Königen. Und im ägyptischen Museum haben wir auch Mumien gesehen."

„Sahen die aus, wie die Mumien im Fernsehen?", wollte Cama wissen, „die finde ich nämlich unheimlich".

„Wieso denn? Die sind doch tot", stellte Mani fachkundig fest.

Es fand eine Diskussion zwischen den Kindern über Mumien, die Sphinx, Pyramiden und Ägypten statt. Jeder wusste einen Beitrag zu leisten. Oma ließ sie gewerden.

Sie diskutierten immer noch, als sie zurück ins Freiluftatelier gingen, um an ihren Kunstwerken weiterzumachen.

Bernd hatte die Bank mittlerweile fertiggestellt. Sie stand jetzt vor dem Haus am Kräutergarten.

Die Tulpen blühten leuchtendrot. Marlies setzte sich auf die Bank und betrachtete die herrlichen Blumen und Kräuter. Einige frische, grüne Blätter würde sie schon ernten können. ‚Ich muss unbedingt mein Rezept für eine Kräuterhautcreme herausholen', dachte sie.

Es war ihr persönliches Rezept, basierend auf den Kräutern ihres eigenen Gartens. Sie hatte eine Liste ihrer Gartenkräuter erstellt und aus den Büchern diejenigen herausgeschrieben, die gut für die Haut sind. Damit würde sie ihre eigene saubere Creme, ohne chemische Zusätze, herstellen. Darauf freute sie sich schon jetzt.

Geschrei drang aus dem Garten. Schnell lief sie hin.

„Was ist passiert?"

Cama liefen die Tränen über das Gesicht: „Ich habe mir in den Finger geschnitten. Es blutet fürchterlich."

Schluchzend zeigte sie Oma den Finger.

Für solche Situationen hatte Marlies immer Papiertaschentücher bei sich. Sie drückte das Taschentuch auf den Schnitt, damit er aufhörte zu bluten.

„Ist bestimmt nicht so schlimm. Wir warten einen Moment, dann sehen wir weiter."

Liebevoll zog sie Cama an sich. Die beiden Jungen litten mit und trösteten ihr Schwester. Keiner sah gerne Blut.

„Na, siehst du, halb so wild. Ein kleiner Schnitt."

Oma hatte das Taschentuch entfernt.

„Den versorgen wir mit einem bunten Pflaster und dann ist alles wieder gut. Komm, wir gehen rein. Ich wasche das Blut ab, dann kommt das Pflaster drauf und fertig."

Dankbar sah Cama Oma an. Als sie zurück zum Pavillon kamen, hatten die Jungen jeder sein zweites Objekt fertiggestellt.

Zwei Gesichter von Cama, zwei Monster von Maju und zwei
Dinos von Mani standen auf dem Mäuerchen.
Gut sahen die Figuren aus. Jeder sollte aber vier oder fünf
machen, wenn es wirklich eine Ausstellung mit Gästen geben
sollte.
„Also, Kinder, hört mal zu. Ich denke für heute habt ihr genug
gearbeitet. In den nächsten Tagen könnt ihr weiter machen.
Wenn dann von jedem vier oder fünf Kunstwerke hier stehen,
werden wir die Ausstellung planen. Einer räumt jetzt das
Werkzeug zusammen und zwei kehren. Dann könnt ihr noch
spielen oder schaukeln gehen, bis der Papa euch abholt."

Im Nu hatten sie aufgeräumt und gekehrt. Als Markus kam,
spielten sie verstecken. Doch als sie ihren Vater sahen,
rannten sie um die Wette auf ihn zu und präsentierten
freudestrahlend ihre künstlerischen Werke.
„Wir machen eine Ausstellung, laden Leute ein und ich
schreibe die Einladung", erklärte Cama ihrem Vater.
„Ich kopiere die Einladung", sagte Maju.
„Und ich verteile sie an alle, die kommen sollen", meldete sich
Mani.
„Das ist ja richtig durchorganisiert", stellte Markus bewundernd
fest.
„Wir könnten nach der Ausstellung eine Grillparty machen".
Markus sah seine Mutter fragend an.
„Au ja, ist das gut Oma?"
„Das ist eine sehr gute Idee. So werden wir das machen",
bestätigte Marlies Markus' Vorschlag.

Zufrieden zog die Bagage ab. Tossi trottete hinterher.
„Nein, Tossi, du bleibst hier bei mir. Komm, ich werfe dir das
Hölzchen", sagte Marlies.

5.

Marlies ging zum Pavillon und betrachtete noch einmal
eingehend die künstlerischen Arbeiten ihrer Enkel.
Jedes Teil nahm sie in die Hand, sah es von allen Seiten an,
ließ ihre Finger über die Konturen gleiten und stellte es
zufrieden wieder zurück auf die Mauer.
‚Alle drei sind sehr geschickt. Es ist bewundernswert, wie
Kinder ihre geistigen Vorstellungen umsetzen können. Egal,
ob auf Papier, mit Material, oder im Spiel. Die besten Sachen
entstehen, wenn der Fantasie freien Lauf gelassen wird. Das
ist so wichtig. Ich muss das weiter fördern. Beim nächsten
Arbeiten mit dem Stein, erkläre und zeige ich ihnen, wie man
realistisches verfremdet. Es wird ihnen Spaß machen.‘

In Gedanken ging Marlies die nächste Kunststunde durch,
legte sich das Werkzeug zur Bearbeitung ihres eigenen
Objektes, des Baobabs, zurecht und setzte eine Schutzbrille
auf.
Mit dem elektrischen Fuchsschwanz begann sie, die Ecken
wegzusägen. Rund musste das Viereck werden.

Den ersten Baobab sahen sie nach der Saharadurchquerung
in Westafrika, als die Vegetation langsam wieder zunahm.
Sein Anblick, ein Wunderwerk der Natur, faszinierte alle.
Gewaltig stand er da, groß und breit. Die Äste hätten Wurzeln
sein können, so wuchsen sie aus dem Baum. Dick, wie die
Stämme anderer Bäume und doch grazil. Geschwungen,
kreuz und quer ragten sie dem Himmel und der Erde
entgegen, als wollten sie beide miteinander verbinden.
Stundenlang hätte Marlies den Baum betrachten können,
soviel hatte er zu bieten.

Jetzt arbeitete sie an ihrem eigenen Baobab und ließ ihren künstlerischen Fähigkeiten freien Lauf.
Mit dem Fuchsschwanz hatte sie schnell und gut gearbeitet. Das war das grobe Handwerk. Die Feinarbeit mit großen Steinfeilen würde lange dauern. Konvex und konkav arbeitete sie die Konturen des Baumstammes mit den Feilen aus.
Vier dicke, kurze Äste sollte der Baum bekommen. Die Schablonen lagen schon bereit. Bernd würde die Äste fachmännisch mit rostfreien Stahlschrauben oben auf der verjüngten Spitze befestigen.
Wenn Marlies künstlerisch arbeitete vergaß sie die Welt um sich herum. Sie konzentrierte sich vollständig auf ihre Tätigkeiten. Und doch schweiften ihre Gedanken manchmal ab.

„Was gibt es heute Abend zu essen?" Bernd stand neben ihr. Sie hatte ihn nicht kommen hören. Er lächelte sie an und gab ihr einen Kusse.
„Bei dem schönen Wetter könnten wir grillen. Ich habe allerlei zur Auswahl. Rippchen, Lammkoteletts oder Würstchen", bot sie an.
„Von allem etwas, könnte mir gut gefallen. Ich stelle schon mal den Grill auf. Übreigens der Baobab sieht schon richtig gut aus", sagte Bernd bewundernd.
„Danke, mein Schatz, das freut mich. Ich denke, er wird Heidi und Markus auch gefallen."

Marlies räumte den Pavillon auf. Jetzt würde sie sich um die „Eröffnung der Grillsaison" kümmern. Ein Abend zu zweit in ihrem herrlichen Garten. Sie freute sich darauf.

Lange hatten sie gegessen und sich jeweils die Ereignisse des Tages erzählt. Nun saßen sie am Lagerfeuer. Das Holz

knisterte und Funken sprühten, wenn Bernd ein neues
Holzstück dazulegte.

Lagerfeuer. Jeden Abend gab es ein Lagerfeuer in der
Sahara.
„Ich habe heute begonnen, den Kindern von unserer ersten
Sahara-Durchquerung zu erzählen", sagte Marlies jetzt.
„Weißt du noch, als uns andere Passagiere auf der Fähre
„Karawane des Elends" genannte haben?"
„Na klar, sie haben auch prophezeit, dass wir die
Durchquerung mit den alten VW-Bussen nicht schaffen
würden."
Beide lachten.
„Ja, belächelt haben sie uns, wegen all den Sandblechen,
Benzin- und Wasserkanistern."
„Die wollten doch auch in die Wüste, mit Pkws und jedes Auto
hatte nur einen Wasser- und Benzinkanister."
„Richtig. Später haben wir sie dann überholt, weil sie mit
Pannen festsaßen. Einer war mit Einheimischen zur nächsten
Oase unterwegs, um Ersatzteile zu besorgen. Ganz
bedröppelt hat uns der angeguckt, der auf die Autos
aufpasste. Wir hatten ihm noch Wasser angeboten."

„Ich erinnere mich noch gut an unseren Stopp in Kairouan. Wir
fünf Frauen mussten zur Toilette. Alle zwölf haben wir uns in
ein Café gesetzt und etwas getrunken. Uns war gar nicht
bewusst geworden, dass das Café nur von Männern besucht
war. Eine Toilette war nicht zu sehen, also fragte ich den Wirt.
Der brachte uns einen Schlüssel und zeigte auf eine kleine
Holztür im Inneren des Lokals. Wir Frauen gingen dorthin und
wollten eintreten. Diki musste am Nötigsten. Sie schloss die
Tür auf und fürchterlicher Gestank kam uns entgegen.
‚Hier ist kein Licht', stellte sie fest. ‚Ich sehe gar nichts.

‚Warte einen Moment, dann hast du dich an die Dunkelheit gewöhnt', rief ihr Sibylle zu.

‚Mit angehaltener Luft habe ich in ein Plumpsklo gepinkelt', sagte sie lachend, als sie wieder rauskam.

‚Am besten lassen wir die Tür ganz weit auf, stellen uns davor und Eine nach der Anderen geht rein.'

‚Papier gibt's nicht. Also haltet euere Taschentücher bereit.' Gesagt, getan. Als wir zu euch zurückkamen, holte der Wirt einen Schlauch und spritzte den Kloverschlag, mehr als ein Verschlag war es wirklich nicht, lange mit Wasser aus. Anscheinend hatten wir eine heilige Männerstätte entweiht. Auf der ganzen Tour kamen wir immer wieder auf diese Geschichte zu sprechen und konnten herzlich darüber lachen."

„Unterwegs haben wir uns doch auch oft amüsiert. Wenn jemand musste, wurde angehalten. Hinter einen Busch, Stein oder Sandhügel hat derjenige dann sein „Freiluftgeschäft" gemacht. Manchmal dauerte es etwas länger. Immer hatte jemand einen Witz parat, der so laut erzählt wurde, dass der „Geschäftemacher" ihn hören und mit lachendem Gesicht zurückkommen konnte. Nachher in der Wüste, von der wir dachten, sie sei menschenleer, hatten wir uns schon daran gewöhnt, dass bei solchen „Geschäften" immer von irgendwoher ein Einheimischer zuschaute."

„Oft auch mehrere. Ich erinnere mich an eine Situation. Ich musste. Lene ging mit. Sie wollte mein Sichtschutz sein. Gerade hatte ich mich hingehockt, da stand schon eine Gruppe Kinder um uns herum, betrachteten uns und vor allem mein weißes Hinterteil.

‚Oh nein, so kann ich nicht machen', dachte ich, zog meine Hose in aller Ruhe hoch, sagte „hallo" zu den Kids und „komm, wir gehen wieder" zu Lene.

‚Und jetzt'?, wollte Lene wissen. ‚Jetzt versuchen wir es woanders', antwortete ich."
„Oder ein anderes Mal. Heinz hatte Durchfall. Laufend mussten wir anhalten. ‚Immer gucken mir die Schwarzen zu. Aber anscheinend macht es denen nichts aus, warum sollte es mir dann etwas ausmachen?', stellte er fragend fest. Langsam aber sicher gewöhnten wir uns daran, unsere ganz intimsten „Geschäfte" unter den Blicken von Zuschauern zu erledigen."

Bernd und Marlies redeten gerne über ihre erste Sahara-Durchquerung. Immer wieder fielen ihnen neue Erlebnisse ein. Der Abend war schon weit fortgeschritten, als sie das Lagerfeuer löschten, ihre Sachen zusammenpackten und reingingen.

Das Telefon klingelte. Marlies nahm ab. Es war Cama.
„Oma, bist du heute Nachmittag da? Wir möchten weiter für unsere Kunstausstellung arbeiten. Warte mal, Niko möchte auch mit dir reden."
„Hallo Oma, wenn wir kommen, erzählst du uns dann noch eine Geschichte von „als du klein warst"?"
„Ja, mein Muckel, ihr könnt kommen, und ich erzähle euch auch noch eine Geschichte. Welche denn?"
„Die, als du dir was gebrochen hast."
„Okay, also bis gleich."
„Tschüss Oma."

Und dann kamen sie wieder, die Drei, Omas ganzer Stolz. Und Tossi machte dasselbe Begrüßungstheater wie immer. Mani hatte sich schon die Befehlssprache gegenüber dem Hund angewöhnt.
„Sitz". Tossi gehorchte und starrte auf Manis Hand. Der kramte in seiner Hosentasche und holte alles mögliche hervor.

Steine, Kleinspielzeuge, einen Flummi, auch ein undefinierbares Etwas, das er geschickte auf seine kleine Hand bugsierte. Die anderen Dinge landeten auf dem Tisch.
„Ich habe dir einen Keks mitgebracht, Tossi, hier."
Er hielt ihr die linke Hand mit dem Keks, der auch alles mögliche hätte sein können, hin. Mit der Rechten streichelte er ihren Kopf und die Hündin schleckte dankbar mit ihrer langen, feuchten Zunge den Keks von seiner Hand.
„Igitt", sagte Mani, putzte seine von Hundesabber nasse Hand an der Hose ab, sah Oma fragend an: „Erzählst du uns gleich die Geschichte?" und lief zu den Anderen, die schon im Pavillon waren. Marlies und Tossi gingen hinterher.
„Ich habe einen Kuchen gebacken", teilte Oma den Kindern mit.
„Hm, welchen denn?"
Maju, der Genussesser blickte schon erwartungsvoll.
„Bienenstich. Wenn wir nachher Kaffeepause machen, kriegt jeder ein Stück. Mani hat sich eine Geschichte gewünscht, die erzähle ich euch dann."
„Welche denn?" Cama guckte fragend zu Mani.
„Die, als Oma was gebrochen hatte."
„Ich kenne diese Geschichte. Oma hatte das rechte Schlüsselbein gebrochen. Weißt du, wo das Schlüsselbein ist? Hier:" Maju klärte Mani auf.
„Stimmt", sagte Oma.
„Ich wollte euch aber vorher noch etwas zeigen. Hier, euere Kunstwerke sind ja wirklich ganz hervorragend geworden. Da ihr weiter für die Ausstellung arbeiten wollt, wäre es toll, wenn ihr die nächsten Objekte verfremden würdet."
„Was ist das?", fragte Mani erstaunt.
„Ich weiß es", antwortete Cama. „Oma hat Torsos aus Ton gemacht, die hat sie auch verfremdet. Da hat sie alles viereckig, oder spitz, oder aus Kugeln gemacht."

„Ich mache einen viereckigen Dino." Mani war direkt Feuer und Flamme.

Auch Maju reflektierte sofort. „Mein Monster bekommt überall Spitzen."

„Ich werde bei meinem Gesicht auch alles viereckig machen. Augen, Nase und Mund, das sieht bestimmt cool aus", sagte Cama.

„Dann ist ja alles geklärt und ihr könnt anfangen. Ich bin sehr auf die Ergebnisse gespannt."

Oma verteilte Werkzeug. Die Kinder suchten sich Steine aus.

„Braucht jemand Hilfe?"

„Nein", klang es im Chor.

„Ich gehe jetzt zum Kräutergarten, wenn etwas ist, ruft ihr mich."

Tossi hatte sich ins Gras vor den Pavillon gelegt. So hatte sie alles im Blick.

Bevor Marlies zum Kräutergarten ging, holte sie drinnen ihre Liste, auf der sie sich die Kräuter notiert hatte, die gut für die Haut sind. Die wollte sie jetzt ernten. Junge, frische, grüne Blättchen. Bei frischen Blättern brauchte man die doppelte Menge, als bei getrockneten.

Haut-/Gesichtscreme

Für 200 Gramm Creme waren 40 Gramm Kräuter erforderlich. Mit ihrer Haushaltswaage und einer Kunststoffschüssel ging sie zum Kräutergarten.

Oregano, Liebstöckel, Rosmarin, Lavendel, Zitronenmelisse, Salbei und Basilikum hatte sie notiert. Alle acht wuchsen in dem Vorgarten.

‚Also brauche ich von jedem 5 Gramm. Wie viel ist das überhaupt? Eine Hand voll? Oder mehr? Ich muss ein Gefühl dafür kriegen', dachte sie und wog eine Hand voll ab.
‚Noch nicht mal 2 Gramm', stellte Marlies fest. ‚Also brauche ich mindestens zwei Hände voll von jedem Kraut.'
Schließlich war die Schüssel randvoll.
‚Jetzt bin ich gespannt, wie das mit 200 Gramm Öl funktioniert. Na ja, die Blätter werden wohl zusammenfallen.'
Nachdenklich ging sie in die Küche. Sie brauste die weichen Blättchen vorsichtig mit Wasser ab und breitete sie zum Trocknen auf Küchenpapier aus.
Eine Mischung aus Sesam- und Olivenöl, je 100 Gramm, stand schon bereit. Je 10% der Gesamtmenge, also 20 Gramm Bienenwachs und 20 Gramm Lanolin, brauchte sie noch. Außerdem etwas Hyaluronsäure gegen Falten und Praben K zur Konservierung. Diese Zutaten hatte sie über das Internet bestellt.

Die Kräuter wurden gehackt und kamen in einen Kessel. Marlies goss die Ölmischung dazu. Natürlich waren die gehackten Kräuter weniger voluminös, als die ganzen Blätter. Zusammen mit dem Öl ergab sich eine breiige Masse.
‚Bei 80 Grad eine Stunde sieden lassen und zwischendurch immer umrühren, damit nichts am Kesselboden kleben bleibt und sich die Kräutersubstanzen im Öl lösen. Schaffe ich das bis zum Kaffeetrinken?', überlegte Marlies.
‚Anschließend muss ich den Sud durch ein Tuch in einen anderen Kessel gießen, unter Rühren das Bienenwachs darin auflösen, eine Messerspitze Hyaluronsäure ein paar Tropfen Paraben K dazu geben und in Cremetiegel abfüllen. Noch mal 15 Minuten.' Sie schaute auf die Uhr.
‚Klappt', dachte sie. ‚Zwischenzeitlich kann ich immer mal wieder nach den Kindern schauen.'

Die ganze Wohnung roch nach Kräutern, als Cama stolz ihr „verfremdetes" Gesicht herein brachte.

„Oma, sieht das gut aus? Wie riecht es denn hier?"
Neugierig schaute sie in den Kessel.

„Du bist ja eine richtige Vorwitznase. Das wird eine wunderbare Kräuter-Gesichts-Creme und riecht?, na rate mal."

„Nach Kräutern."

„Genau!" Oma nahm das Gasbetongesicht in die Hand und begutachtete es.

„Sehr schön hast du das gemacht."

„Ja, finde ich auch. Es sieht doch aus, wie von einem richten Künstler, oder?"

„Wer so etwas kann, der ist ein Künstler und du bist meine kleine Künstlerin."

Oma drückte Cama liebevoll an sich.

„Komm, ich gehe mit in den Pavillon und gucke, was deine Brüder machen."

Hand in Hand gingen die beiden in den Garten.

„Wann gibt es denn den Kuchen?" Das war Maju, der Leckerschmecker.

„In einer Stunde."

„Gut, dann ist mein Monster auch fertig."

Er hatte dem Monster überall Spitzen verpasst.

„Sehr interessant sieht das aus. Und gut gearbeitet hast du"; sagte Oma bewundernd. Dankbar lächelte Maju sie an.

„Und ich?" Mani drängelte sich zwischen die Beiden und hielt herausfordernd seinen Dino hoch.

„Und du? Lass sehen." Er drehte sein Kunstwerk hin und hier, damit Oma es von allen Seiten betrachten konnte.

„Wer hat dir geholfen?"

„Keiner. Das habe ich ganz alleine gemacht", antwortete Mani mit strahlendem Blick.

„Ich bin sehr stolz auf dich. Bestimmt hat noch keiner einen viereckigen Dino gesehen. Wunderbar sieht der aus. Jetzt muss ich aber zurück in die Küche. Bis gleich."
„Drinnen riecht alles nach Kräutern. Oma macht eine Creme", klärte Cama ihre Brüder auf.
„Zum Essen?", wollte Maju wissen.
„Nein, für' s Gesicht."

Als Marlies ihre Creme fertig hatte, brachte sie alles für das Kaffeetrinken in den Garten. Für die Kids gab es Kindercappuccino: Aufgeschäumte Milch, darüber wurde Kakao gestreut. Alle Kinder liebten dieses Getränk.

„Kaffeetrinken", rief Oma jetzt. Als erste kam Tossi, aber die drei ließen auch nicht auf sich warten.
„So, ihr Süßen, für jeden ein Stück Bienenstich"„und die Geschichte", vollendete Mani den Satz. „Sitz", und Tossi bekam mit der üblichen Zeremonie von ihm ihr Plätzchen. Oma verteilte den Kuchen und begann mit der Geschichte, als sie sich das rechte Schlüsselbein gebrochen hatte.

Schlüsselbeinbruch/Puttawassa

„Als ich in die Schule kam, wurden die Kinder noch im April eingeschult. Es hieß immer: ‚Ostern komme ich in die Schule'. Meine Mutter, was ist die für euch?"
„Unsere Uroma", sagte Mani und die zwei Großen nickten.
„Also, meine Mutter hatte mir ein Kleid gestrickt. Das musste ich zur Einschulung anziehen, obwohl es mir gar nicht gefiel. Am liebsten hätte ich die Lederhose von meinem Vetter Alois angezogen. Aber ich hatte verstanden, dass das an so einem wichtigen Tag nicht sein durfte. Eine Schultüte mit Süßigkeiten

gab es und einen Ranzen. In dem Ranzen, den mein Opa selbst für mich gemacht hatte, der war nämlich Sattler, war eine Schiefertafel mit einem Holzrand. Der hatte ein Loch. Durch dieses Loch wurde eine Kordel gezogen, an der ein Schwämmchen befestigt war. Die Kordel mit dem Schwämmchen baumelte seitlich, draußen am Ranzen.
Das gefiel mir. Wenn ich langsam ging, baumelten die beiden lustlos hin und her. Aber wenn ich lief, hüpfte, vom Bürgerstein oder einer Mauer sprang, vollzogen sie die tollsten Pirouetten. Ich gab ihnen immer eine Aufgabe. Der Schwamm war natürlich nicht zum Fliegen oder Spielen vorgesehen. Er hatte eine wichtige Aufgabe. Nämlich die Tafel abzuwischen. Wir hatten Griffel, um auf der Tafel schreiben zu können. Damit musste man vorsichtig umgehen, sonst brachen sie durch. Ich freute mich auf die Schule, weil ich endlich lesen und schreiben lernen wollte. Es gab überall so viel zu lesen und immer musste ich meine Eltern fragen, was da stand. Das würde jetzt endlich aufhören."

„Ich freue mich auch auf die Schule. Dann muss ich nämlich nicht mehr in den Kindergarten", ließ Mani verlauten.

„Ich besuchte die evangelische Schule in der Stadt. Jeden Tag eine halbe Stunde Fußweg. Anfangs brachte mich morgens meine Mutter und holte mich mittags wieder ab. Unterwegs trafen wir dann andere Kinder, die auch zu dieser Schule gingen und nach einiger Zeit durfte ich alleine gehen, denn da hatte ich schon meine Schulwegfreunde und die Begleitung meiner Mutter erübrigte sich.
Mein Lehrer war sehr nett, aber auch streng. Er spielte Geige. Manchmal kriegte man mit dem Geigenstock eins über die Finger. Das tat ganz schön weh.

Ich liebte harte Griffel. Die konnten wunderbare Spuren auf der Schiefertafel hinterlassen. Tiefe Furchen, wenn man oft und fest genug denselben Buchstaben nachzog.

Das sahen weder meine Eltern, noch der Lehrer gerne. Nach relativ kurzer Zeit war meine Tafel so tief eingeritzt, dass ich eine neue brauchte.

‚Ab in die Ecke, mit dem Rücken zur Klasse', das war die Strafe, die ich vom Lehrer bekam. Mann, war mir das peinlich. Ich wusste genau, dass die anderen Kinder hinter meinem Rücken grinsten und Faxen machten, wenn der Lehrer nicht hinsah. Das war immer so, wenn einer in die Ecke musste. Oft standen sogar zwei oder drei Kinder in der Ecke, nämlich dann, wenn der Lehrer jemanden beim Faxenmachen erwischt hatte.

Manchmal bekam man auch Strafarbeit auf. Eine ganze Tafel voll schreiben. Immer denselben Buchstaben oder dasselbe Wort in Schönschrift.

Als ich ein mal eine Tafel mit „Erde" zur Strafe voll schreiben musste, fühlte ich mich so ungerecht behandelt, dass ich das Wort riesengroß schrieb und es so nur drei Mal auf die Tafel passte.

‚Marlies, zeig mir deine Strafarbeit', sagte der Lehrer am nächsten Tag. Ich ging trotzig mit meiner Tafel zum Pult. Au weia, das gab ein Donnerwetter. Alle Kinder waren mucksmäuschenstill und ich bekam schon wieder Strafarbeit. Ich nahm mir vor, mich zu bessern. Immer Eckenstehen, Strafarbeit und Geigenstock war ganz schön anstrengend.

„Warum hattest du denn Strafarbeit aufbekommen?", wollte Maju, der in der Schule auch nicht ohne war, wissen.

„Ich konnte am besten von allen „Puttawassa". Das geht so: Man bläst die Backen auf und hält den Mund fest zu. Dann schlägt man mit dem Daumen gegen die Backe und in dem Moment, wenn die Luft raus will, müssen die anderen vier Finger derselben Hand schnell von oben nach unten über die Unterlippe geführt und gleichzeitig „Puttawassa" gesungen werden. Immer, wenn der Daumen auf die Backe schlägt und der Mund sich öffnet, gibt ein klatschendes Geräusch."

Oma machte den Kids vor, wie es ging. „Puttawassa, puttawassa, putta, putta, puttawassa."
Es klang immer noch gut, fand sie und ermunterte die Drei mitzumachen. Die lachten sich halb tot. Einer nach dem Anderen fiel aber dann mit in den Rhythmus ein und „Puttawassa" erklang im Chor.

„Hattest du das im Unterricht gemacht?"
„Ja, und die anderen Kinder in der Klasse haben genau so gelacht, wie ihr eben. Also, hatte ich den Unterricht gestört und deshalb gab es Strafarbeit. Ich fand das aber ungerecht, weil die ganze Klasse so viel Spaß dabei hatte."

Maju sagte ernst: „Wir bekommen auch Strafarbeit, wenn wir den Unterricht stören."
„Wir auch", schloss sich Cama an.

„Na, jedenfalls hatte ich all das im ersten Schulhalbjahr hinter mich gebracht, da passierte das Unglück. In unserem Straßenviertel wohnten viele Kinder. Kleine und Große. Wir spielten immer auf der Straße. Seilchenspringen, Hüpfekästchen, Federball, Klicker, Räuber und Gendarm, Verstecken, Nachlaufen, eben alles, was man draußen spielen kann. Ganz selten kam mal ein Auto, weil es damals noch kaum Autos gab.

Neben dem Kindergarten war ein Lebensmittelgeschäft und daneben, etwas zurück gelegen, ein Bauernhof. Den grenzte eine hohe Mauer mit einem Riesentor ab. Hinter der Mauer stand ein großer Nussbaum, dessen Äste weit über die Mauer auf den Vorplatz ragten. Gegenüber, auf der anderen Straßenseite, wohnten Müllers. Denen gehörte der Bauernhof. Frau Müller war immer am Fenster. Sie war dick und ihre Brüste stützten sich auf dem Fensterbrett ab, wenn sie sich hinausbeugte. Wir Kinder mochten Frau Müller nicht, weil sie oft mit uns schimpfte. Sie bewachte quasi ihr Haus und den Vorplatz des Bauernhofes. Dort durften wir nämlich nicht spielen.

Aber im Herbst, wenn die Nüsse reif waren, wollten wir uns die holen. Wie ein Lauffeuer ging es dann durch die Straße, wenn Frau Müller nicht am Fenster war. Alle Kinder liefen zum Nussbaum, die Taschen voller Steine. Damit zielten wir auf die Nüsse, damit sie herunter fielen. Das klappte gut. Allerdings gab es Gerangel um jede Nuss, die auf den Boden fiel.
So auch jetzt. Ich war schnell Richtung Hausecke gelaufen, um eine Nuss zu ergattern. Günter, der größer war als ich, auch. In dem Moment, als ich mich bückte, schubste er mich und ich schlug mit dem Schlüsselbein genau gegen die Hausecke. Ich schrie auf vor Schmerzen und konnte meinen Arm nicht mehr heben. Günter tat es leid, aber die nächste Nuss kam schon geflogen und weg war er.
Karin, meine Freundin von nebenan, ging mit mir nach Hause und erzählte meinen Eltern, was passiert war. Ich selbst konnte vor Schmerzen und Weinen gar nichts sagen. Mein Vater wollte meinen Arm anfassen. Ich schrie auf. ‚Damit müssen wir zum Arzt', stellte er fest.
Der war in der Stadt. Eine halbe Stunde zu Fuß. Der Weg war eine Tortur, ganz schlimm.

Der Arzt stellt einen Schlüsselbeinbruch fest. ‚Das wächst wieder zusammen', tröstete er mich, 'aber nur, wenn der Arm nicht bewegt wird. Deshalb werde ich den Arm an deinem Körper festkleben.'
Das tat er auch. Meine rechte Hand mit Unterarm landeten angewinkelt auf meinem Bauch. Der Oberarm fest an meinem Körper. Alles wurde mit meterlangem Pflaster festgeklebt. Es war schrecklich.
‚Jetzt kann ich nicht mehr spielen', dachte ich traurig. ‚Aber auch keine Strafarbeiten mehr machen', ging mir gleichzeitig durch den Kopf. Das war natürlich gut.

Als ich am nächsten Tag in die Schule kam, flatterten die Ärmel meiner Jacke und des Pullovers an der rechten Seite leer herum. Ich war sofort Mittelpunkt auf dem Schulhof und musste erzählen, was passiert war. Selbstverständlich auch dem Lehrer. Der schaute mich mitleidig an und sagte: ‚Dann musst du jetzt mit links schreiben lernen.
‚Na toll', dachte ich ‚wie soll das denn gehen?'

Nach einigem Üben klappte es dann. Das hatte ich nicht für möglich gehalten. Nach drei Wochen wurde das Pflaster abgemacht und ich konnte den Arm wieder benutzten. Strafarbeit habe ich in der Zeit zum Glück nicht machen müssen."
„Bestimmt, weil du lieb warst", stellte Mani fest.
„Bestimmt", antwortete Oma.

Kuchen und Getränke waren zwischenzeitlich vertilgt.
Sie gingen alle zusammen in den Pavillon, um die fertiggestellten Plastiken zu betrachten. Jetzt standen schon neun Kunstwerke auf dem Mäuerchen.

„Lasst uns schnell aufräumen und kehren. Bevor Heidi euch abholt, überlegen wir dann noch kurz, wie es mit der Kunst weitergehen soll."

Während die Kinder aufräumten und Oma kehrte, besprachen sie die weitere Vorgehensweise.
Jeder würde noch zwei Objekte machen, dann hätten sie fünfzehn für ihre Ausstellung. Sie diskutierten darüber, welche Personen eingeladen werden sollten und kamen auf insgesamt dreißig Personen.
Heidi kam und wurde sofort von allen mit dem Ergebnis überfallen.
Als Oma die Sippschaft verabschiedete, rief sie ihnen hinterher: „Ihr müsst euch noch einen Termin ausgucken, dann können wir beim nächsten Mal schon die Einladung machen.

6.

Maju kam mal eben mit dem Fahrrad vorbei. Er guckte etwas verlegen, hatte aber irgendwie ein verhaltenes Grinsen im Gesicht.

„Oma, wir haben ein Datum an dem wir alle können."
„Für die Ausstellung? Das ist gut. Kommst du extra deshalb?"
„Hm."
„Na, ich weiß nicht. Da ist doch noch etwas Anderes, oder?"
„Hm."
„Weißt du was, mein Moppel? Wir schaukeln ein bisschen. Dann erzählst du mir, was los ist."
„Ist gut."
„Habt ihr euch gezankt?"
„Nein."
„Hast du etwas kaputt gemacht?"
„Nö."
„Jetzt lass dir doch nicht die Würmer aus der Nase ziehen! Ich sehe dir an, dass etwas nicht stimmt. Was ist es?"
„Heute habe ich eine eins in Mathe bekommen."
Seine großen blauen Augen strahlten Marlies an.
„Hervorragend." Sie gab ihm einen Kuss und streichelte anerkennend über seine blonden Haare.
„Und weiter?"
„Dann habe ich noch Strafarbeit aufgekriegt."
Die Verlegenheit machte einem breiten Grinsen Platz.
„Ach, herrje, warum?"
Jetzt musste Maju lachen.
„Weil ich meinen Freunden in der Klasse „Puttawassa" vorgemacht habe."
„Ach, du liebe Zeit.! Im Unterricht?"
„Ja!"

„Du bist ein Moppel! Hast du denn gedacht, das geht ohne Strafarbeit ab?"

„Na ja, ich weiß nicht. Es ist doch so lustig. Und Frau Meier war gut gelaunt. Da habe ich es einfach gemacht."

„Und?"

„Die ganze Klasse hat gelacht. Frau Meier auch. Aber dann hat sie mir doch Strafarbeit aufgegeben."

„Verstehst du das?"

„Ja, wenn jedes Kind so etwas macht, könnte gar kein Unterricht mehr stattfinden."

„Genau!"

„Frau Meier fand es aber auch sehr lustig. In der Pause hat sie alle Kinder zusammengerufen. Und ich musste „Puttawassa" auf dem Schulhof vorführen."

„War das okay?"

„Es war mir unangenehm und hat auch gar nicht richtig funktioniert. Frau Meier sagte, ich solle noch üben, dann könnte ich es morgen auf dem Pausenhof noch mal vorführen."

„Sollen wir üben?"

Sie stoppten die Schaukeln, sahen sich an und wollten das „Puttawassa" beginnen. Beide mussten jedoch so sehr lachen, dass es keinem gelang. Jedes Mal, wenn einer anfangen wollte, prustete er vor lachen los.

„Wir dürfen uns nicht ansehen. Los, wir schauen nach vorne, dann geht's bestimmt."

„Oma, ich glaube, ich kann es gar nicht mehr."

„Doch, komm, wir konzentrieren uns."

„Puttawassa, puttawassa, putta, putta, puttawassa."

"Na siehst du, es geht. Wenn du das morgen vorführst, guckst du am besten niemanden an, machst es zwei, drei mal und dann ist die Sache erledigt. Aber nur auf dem Pausenhof! Versprochen?"

„Versprochen. Ich bin jetzt auch wieder weg, weil ich die Strafarbeit noch machen muss."
„Was hast du denn auf?"
„Zehnmal „Ich darf den Unterricht nicht stören."
„Das finde ich in Ordnung."
„Na gut, ich auch. Tschüss Oma."
„Tschüss mein Moppel."

Marlies schaukelte weiter und dachte über die Ausstellung nach. Dreißig Leute, mehr als die Hälfte Kinder. Sie würde Nudelsalat machen und zum Nachtisch Wackelpeter mit Vanillesoße. Bernd könnte Würstchen grillen. Es sollte ein richtiges Gartenfest werden.

,Nudelsalat mit selbstgemachter Mayonnaise gelingt mir immer', dachte sie jetzt und ging in Gedanken das Rezept für 30 Personen durch.

Nudelsalat

Für die Mayo:

2 ganze Eier
etwas Senf
Salz, Pfeffer nach Geschmack
Etwas Zitronensaft
½ Liter Öl

Senf und Eier schaumig schlagen
Langsam Öl dazu
Zwischendurch Salz, Pfeffer, Zitronensaft
Wieder langsam Öl rein fließen lassen

Abschmecken.
Noch ein mal durchrühren.
Fertig

‚Eventuell gebe ich noch kleingehackte Zwiebel und
Knoblauch dazu.'

Für den Nudelsalat:

1000 Gramm Gabelspaghetti in Salz abkochen und auskühlen
lassen
1 kleine Dose Mais
1 kleine Dose Kidney Bohnen

250 Gramm Gewürzgürkchen
1 Zwiebel
2 rote Paprika und
300 Gramm Fleischwurst in kleine Würfel schneiden

Alles in eine große Schüssel geben, die Mayo dazu,
abschmecken mit Salz, Pfeffer, etwas Zucker und dem
Essigwasser der Gürkchen

‚Das mache ich einen Tag vorher. Dann kann der Salat gut
durchziehen. Er ist schön bunt und schmeckt lecker!

Ich glaube, für so viele Leute brauche ich drei Glasschüsseln
Wackelpeter. Jeder in einer anderen Farbe. Grün, rot, orange.
Das passt farblich zu dem bunten Nudelsalat. Dazu die
Vanillesoße in drei Glaskannen. Und bunte Säfte werde ich
auch in Glaskannen füllen. Das wird ein farbenfrohes Büffet.
Passend zum Frühling.'

Marlies war zufrieden mit ihrem gedanklichen Ergebnis.
Sie schlenderte durch den Garten, betrachtete das frische
Frühlingsgrün und setzte sich auf die Bank am Teich. Es
wimmelte schwarz vor Kaulquappen. So viel Energie in so
einem unvollständigen (?) Körper!
Wo noch nicht zugewachsene Teichfolie zu sehen war, konnte
man beobachten, wie die Tiere den Algenbelag abgrasten.
Sie waren gewachsen, hatten aber noch keine Beinchen.
Zuerst würden die Hinterbeine wachsen, der Körper
veränderte sich, die Vorderbeine wuchsen und der Schwanz
fiel ab. Schon sahen sie wie kleine Frösche aus. Und von jetzt
auf gleich würden sie verschwunden sein. Hier und da konnte
man dann Minikröten durch' s Gras hüpfen sehen. Ganz
wenige blieben. Die meisten verschwanden. Sie suchten sich
ihren eigenen Weg.

Bernd gesellte sich zu ihr. Marlies erzählte ihm von Majus
Strafarbeit und der Note in Mathematik.
„Wer eine ,eins' in Mathe hat, darf auch ruhig mal den
Unterricht stören", sagte er lachend.
Tossi stromerte durch den Garten, ehe sie zu den Beiden an
den Teich kam und ihnen treu ergeben einen Knochen vor die
Füße legte.
„Wo hast du den denn her?" Bernd hob prüfend den Knochen
auf.
„Vorhin, als ihr weg ward, hat die Nachbarin den über den
Zaun geworfen. Sie hatte mich vorher gefragt, ob Tossi einen
Rinderknochen haben dürfe." Marlies streichelte Tossi, die
erwartungsvoll, sabbernd auf die leckere Spezialität blickte.
„Das war ja nett von der Nachbarin." Bernd hob die Hand mit
dem Knochen, Tossi schaute schon in die Richtung, in die er
fliegen würde, und warf ihn über beide Teiche. Die Hündin
spurtete. Mit zurückgelegten Ohren rannte sie wie ein

Windhund zu der ersehnten Leckerei. Sie legte sich relaxed ins Gras und zerbiss krachend den harten Knochen. Tossi war schlau. Wenn sie genug von so einem großen Knochen hatte, suchte sie sich eine Stelle im Garten und vergrub ihn. Tage später holte sie ihn wieder hervor. Irgendwie kriegte sie immer den Dreck ab, der an dem Knochen durch das Vergraben haftete.

Marlies und Bernd schauten Tossi beim Zermalmen des Knochens zu.

„Die Kinder wollen dreißig Gäste zur Kunstausstellung einladen", sagte Marlies jetzt.
„Das sind aber viele", stellte Bernd erstaunt fest.
„Ja, ein richtiges Gartenfest wünschen sie sich. Ich habe gedacht, es könnte Grillwürstchen, jede Menge Nudelsalat und Wackelpeter geben. Würdest du den Grillmeister machen?"
Bernd lachte. „Für meine Enkel tue ich doch alles. Na klar, mache ich. Gibt es denn schon einen Termin?"
„Die Kinder haben wohl einen Tag, den ich noch nicht kenne, ausgeguckt. Wenn sie das nächste Mal hier sind, wollen wir die Einladungen machen. Cama wie sie gestalten."
„Also eine richtige Vernissage mit Grillparty. Hört sich gut an. Wie viele Erwachsene werden denn dabei sein?"
„Ungefähr die Hälfte."
„Dann besorge ich auch die Getränke. Ein Fässchen Kölsch wäre nicht schlecht, ein paar Flaschen Wein und für die Eröffnung natürlich Sekt."
„Ja, und für die Kinder Kindersekt und bunte Säfte, die wir dann dekorativ in Glaskannen auf das Buffet stellen können."

„Ich werde auch bunte Luftballons am Pavillon aufhängen und den roten und blauen Sonnenschirm aufstellen, damit alles schön bunt aussieht."
Tossi hatte ihren Knochen vollständig aufgefressen, kam zu den Beiden und legte sich zufrieden vor ihre Füße.

Die Kinder hatten sich als Termin für die Kunstausstellung den 9. April ausgesucht. Das war der Geburtstag von Opa Otto.
Also, einigten sich die Erwachsenen mit den Kindern darauf, dass die Geburtstagsfeier ebenfalls in Oma Marlies' und Opa Bernds Garten stattfinden sollte.
Schließlich würden dann zwanzig Leute mehr kommen, die ihre Arbeiten bewundern und vielleicht auch kaufen würden.
Cama gestaltete die Einladung sehr geschmackvoll. Die Kinder hatten Fotokopien gemacht und verteilt.
Jetzt arbeitete Jedes an seinem letzten Objekt.
„Oma, gleich sind wir fertig", rief Cama.
„Ist gut, ich komme und dann bereiten wir alles vor."
Alle zusammen räumten sie auf und reinigten den Pavillon.
In zwei Tagen war es so weit. Jedes Kind konnte fünf Kunstwerke präsentieren.
Sie platzierten die Objekte auf dem Mäuerchen. Zuerst die von Mani. Fünf Dinos.
Dann fünf Gesichter von Cama und anschließend Majus fünf Monster.
Es sah beeindruckend aus. Oma lobte ihre Enkel.
„Ihr habt einzigartige Dinge geschaffen. Das ist etwas ganz Besonderes. So machen das die Künstler. Die eigenen Ideen umsetzen, selbst etwas erschaffen, nicht nachmachen, das macht einen Künstler aus.
„Bin ich jetzt ein Künstler?", wollte Mani wissen.

„Ja, kann man so sagen. Die Dinos und auch deine Bilder, die du sonst malst, sind einzigartig und deshalb bist du ein Künstler.

„Muss ich denn jetzt immer Dinos machen?"

„Nein, natürlich nicht. Du malst ja auch immer andere Bilder. Und so kannst du auch immer andere Objekte mit anderem Material machen. Wichtig sind deine eigenen Ideen."

Mani war zufrieden. Sein Gesichtsausdruck zeigte, dass er an seinem künstlerischen Werdegang arbeiten würde.

„Also Kinder, seid ihr mit eueren Werken zufrieden?"

„Ja", antworteten sie im Chor.

„Ich auch. Ich bin sehr stolz auf euch."

Oma drückte die Drei an sich, die sie dankbar anschauten.

„Das Wetter wird schön sein übermorgen. Hier im Pavillon auf dem großen Tisch, stelle ich das Buffet und die Getränke auf. Jeder muss sich selbst bedienen. Opa verteilt Tische, Stühle und Sonnenschirme im Garten und hängt bunte Luftballons auf. Aber etwas ist noch ganz wichtig. Wenn alle Gäste da sind, werden wir eine Begrüßungsansprache halten. Ich habe mir das so vorgestellt, dass wir vier uns hier oben auf die Treppe stellen, ich die Leute kurz begrüße und erkläre, aus welchem Material ihr die Plastiken hergestellt habt und dann jeder von euch sagt, was er mit welchem Werkzeug gemacht hat.

Mani, hast du das verstanden?"

„Ja. Ich sage, die Dinos habe ich mit einem Messer und vielen Feilen gemacht."

„Gut. Cama?"

„Ich sage, dass die Gesichter von mir sind. Dreiecke und Vierecke habe ich mit Spitz- und Flachfeilen und Rundungen mit Rundfeilen gemacht. Und das Messer habe ich auch genommen."

„Sehr schön. Maju?"

„Von mir sind die Monster. Manchmal habe ich die Säge genommen, aber auch das Messer. Mit einer geraden Feile habe ich zum Schluss die Oberfläche glatt gemacht."
„Super. Genau so werden wir das machen."
„Und ich sage noch, dass die Kunstwerke auch gekauft werden können", meldete sich Cama.
„Genau. Und jeder von euch geht dann zu seinen Plastiken, damit ihr die Fragen der Gäste beantworten könnt."

Der Wetterbericht stimmte. Die Sonne schien. Das Fest würde um 15 Uhr beginnen. Der Garten sah wunderbar bunt aus. Überall blühten Blumen. Butterblumen, Veilchen, Gänseblümchen, Löwenzahn, Vergissmeinnicht, Narzissen, Tulpen und Primeln leuchteten mit ihren herrlichen Farben in der Sonne. Verschiedene Sträucher blühten ebenfalls. Andere hatten Knospen. Zartes Frühlingsgrün, wohin man sah. Tische und Stühle standen verteilt auf der Wiese. Bunte Luftballons schmückten den Eingang des Pavillons. Die fünfzehn Plastiken auf dem Mäuerchen rundeten das Bild ab. Marlies betrachtete die Kulisse. Es war alles perfekt. Gleich würde sich der Garten mit Leben füllen.
Als Erste kamen Oma Hedwig und Opa Hans, die Urgroßeltern der Kinder und Marlies' Eltern. Sie wollten sich das Ereignis und die Freude ihrer Urenkel nicht entgehen lassen.
Dann erschienen auch schon voll bepackt Betti und Otto. Es gab eine herzliche Begrüßung. Otto wurde mit allen guten Wünschen zum Geburtstag bedacht. Betti hatte zum leiblichen Wohl Kartoffelsalat, Frikadellen, Tomaten mit Mozzarella und einen Ring Fleischwurst mitgebracht.
Bernd tauchte aus der anderen Richtung des Gartens auf. Er hatte noch Grillkoteletts und Brötchen besorgt.
Cama lief Oma in die Arme. „Ich bin so aufgeregt", flüstere sie.

„Das merkt keiner", antwortete Oma.
Die Jungen gesellten sich zu ihnen. Marlies sah ihnen an,
dass auch sie aufgeregt waren.
„Kommt, ihr Drei, ich zeige euch noch eben die Kaulquappen."
Zusammen gingen sie zum Wasser.
„Also, passt auf, jeder Künstler hat Lampenfieber vor seinem
Auftritt. Das ist normal. Ihr seid auch Künstler und nervös, weil
ihr gleich einen Auftritt habt. Aber ihr werdet sehen, wenn wir
zusammen oben auf der Treppe stehen, uns an den Händen
halten und das Publikum ansehen, werdet ihr ganz ruhig.
Wichtig ist, dass ihr lächelt und jeder seine Sätze schön
langsam vorträgt."
Die Kinder hörten aufmerksam zu und nickten.
„Und wenn die Leute dann klatschen, werdet ihr stolz wie
Oskar sein. Alles klar?"
Zweifelnde Blicke schauten Oma an.
„Weiß jeder noch, was er sagen will?"
Wieder nickten die Drei.
„Okay, dann gehen wir jetzt zurück."

Mittlerweile waren schon viele Gäste eingetroffen und laufend
kamen welche hinzu. Alle kannten und begrüßten sich. Viele
Kinder liefen im Garten umher und Tossi mittendrin. Heidi und
Markus verteilten Getränke zum Empfang.

Jetzt war es soweit. Oma und ihre Enkel stellten sich auf die
Treppe, schauten ins Publikum und lächelten. Es wurde still
und Marlies begann ihre Ansprache.
Mani, Cama und Maju erklärten klar und deutlich ihre
Kunstwerke. Nichts war mehr da von Nervosität. Fünfzig
Menschen applaudierten. Mit vor Stolz geschwellter Brust
gingen die Drei hoheitlich die Treppe hinunter und
präsentierten die Plastiken.

‚Wie Profis', dachte Oma zufrieden.

Als dann der Geruch von Gegrilltem in der Luft stand, war die Kunstpräsentation vorbei. Es gab auch nichts mehr zu präsentieren, denn die Kinder hatten alles verkauft. 25,-- Euro hatte jeder eingenommen. Uroma Hedwig und Uropa Hans gaben als Belohnung noch 5,-- Euro dazu. 30,-- Euro, das hatte sich gelohnt, fanden Maju und Cama. Mani fand das auch, aber er wusste noch nicht so richtig mit Geld Bescheid.

Die Freunde der Drei wurden um 18 Uhr abgeholt. Die Erwachsenen blieben bis spät am Abend. Viel erzählt und gelacht haben sie. Als es kälter wurde, machte Bernd ein Lagerfeuer. Mani, Cama und Maju platzierten Liegestühle mit dicken, gemütlichen Auflagen am Feuer, machten es sich bequem, beobachteten träge die Flammen und schliefen prompt ein. Tossi rollte sich an Manis Fußende zusammen und war nach kurzem Betrachten der Gesamtsituation ebenfalls eingeschlafen.

7.

„Oma, guck mal!" Cama brachte einen Beutel voll mit bunten
Schleifen.
„Die sind aber schön", staunte Oma. „Bunt, wie Ostereier."
„Genau, deshalb habe ich die ja mitgebracht. Jedes Stück
Seife soll eine andere Schleife bekommen. Hast du
durchsichtiges Geschenkpapier?"
„Na klar. Die Idee ist sehr gut. Willst du jetzt die Seifen
einpacken?"
„Ja, würde ich gerne, wenn du mir hilfst. Und zwar jetzt gleich,
bevor meine Brüder kommen. Die sollen das nämlich nicht
sehen."
„Gut, dann lass uns sofort anfangen." Marlies holte die Seife
und das Papier. Cama suchte zehn Schleifen heraus. Jede
hatte eine andere Farbe. Dann schnitt sie das Papier in
viereckige Stücke, legte jeweils ein Seifenstück darauf und
sagte: „So, jetzt kannst du die Schleife binden."
Innerhalb kurzer Zeit waren zehn Geschenkpäckchen fertig.
Herrlich sahen sie aus.
„Jeder wird sich riesig freuen, der von dir so ein schönes
Ostergeschenk bekommt."
„Ich denke auch, und danke, Oma, dass du die Seife mit mir
gemacht hast."
Marlies drückte Cama an sich. „Weißt du was, wir tun die
Päckchen jetzt in eine Baumwolltasche, damit die Jungen sie
nicht sehen."
Das letzte Seifengeschenk war gerade in der Tasche
verschwunden, da tauchten auch schon die zwei Strolche auf.
Im Gefolge Tossi und Bernd.
„Wir haben Hunger", sagte Maju, der Nimmersatt.
„Was gibt es denn?", wollte Mani wissen.
Oma schaute lächelnd in die Runde. „Euer Lieblingsessen."

„Das kann ja nur Spaghetti Bolognese sein", stellte Bernd fest.
„Richtig."
„Hm, lecker", sagte Einer nach dem Anderen.
„Wir decken schon mal den Tisch, kommt", forderte Cama ihre
Brüder auf.
Marlies hatte die Bolognese-Soße bereits am Vortag
vorbereitet, damit sie gut durchziehen konnte. Das war ihr
Geheimrezept. Jetzt brauchte sie nur noch das Hackfleisch
anzubraten, während die Spaghetti kochten. Das Bolognese-
Rezept hatte sie einer Sizilianerin entlockt. Bernd und Marlies
waren auf einer Sizilien-Tour von einer einheimischen Familie
zum Essen eingeladen worden. Noch nie zuvor hatten sie so
schmackhafte Spaghetti Bolognese gegessen. Die Sizilianerin
verriet Marlies, dass die Soße einen Tag vorher zubereitet
wird und zählte ihr die Zutaten auf:

Bolognese-Soße:

Speck, Zwiebeln, Knoblauch in Olivenöl anbraten
Mit Zucker leicht karamellisieren
1 Lorbeerblatt, 2 Nelken, gewürfelte Tomaten, Sellerie,
Breitlauch, Möhren dazu
mit Brühe (halb Hühner- und halb Gemüsebrühe) auffüllen
1 ½ Stunden mit geschlossenem Deckel köcheln lassen
Deckel abnehmen und noch ½ Stunde reduzieren
Ohne Deckel abkühlen lassen
Am nächsten Tag aufwärmen, gebratenes Hackfleisch
dazugeben, mit Pfeffer, Salz, Paprika und evtl. Zucker
abschmecken.
Fertig!
Nach Bedarf kann man die Mengen variieren. Ob kleine oder
große Portionen, es schmeckt immer lecker.

So auch diesmal. Alle aßen mit Genuss. Tossi bekam immer mal wieder eine Spaghetti. Das war sehr lustig. In hohem Bogen flog die Nudel durch die Luft. Tossi fing sie auf. Rechts und links hingen Nudelenden aus der Schnauze, aber sie schaffte es immer mit lautem, ausgiebigem Schmatzen die Spaghetti ins Maul zu befördern und zu fressen.

„Hast du auch Nachtisch?" Der Leckerschmecker Maju sah Oma bittend an.

Marlies lachte. „Wenn ihr mir helft, den Tisch abzudecken, habe ich eine Überraschung für euch."

„Was denn?", meldete sich Mani.

„Meine eigene Stracciatella – Komposition."

„Das ist mein Lieblingsnachtisch", stellte Mani fachkundig fest und strahlte über das ganze Gesicht.

„Nein, meiner", funkelte Maju Mani an.

„Oma, du solltest mir doch mal das Rezept geben, damit Mama den auch machen kann. Es ist nämlich auch mein Lieblingsnachtisch", sagte Cama vorwurfsvoll.

Opa verabschiedete sich. Er hatte noch zu tun und nahm Tossi mit.

„Also, passt auf Kinder. Wir räumen jetzt den Tisch ab, holen die Nachspeise und wenn wir fertig gegessen haben, diktiere ich Cama das Rezept."

„Erzählst du uns beim Nachtisch die Geschichte mit der Milchkanne?", fragte Mani, als sie das Geschirr in die Küche trugen.

„Okay, mache ich." Marlies hatte eine große Schüssel voll Stracciatella gemacht. Es war auch ihre Lieblingsnachspeise. Man konnte sie durchaus ein bis zwei Tage im Kühlschrank aufbewahren. Eigentlich schmeckte sie mit jedem Tag besser.

„Jetzt erzähl", forderte Mani Oma auf.

Milchkanne

„Ich war acht und konnte wunderbar Fahrrad fahren.
Freihändig fuhr ich am liebsten. In unserer Straße gab es ein
Milchgeschäft. Die Leute hatten einen Bauernhof mit Kühen,
verkauften frische Milch, Butter und Käse. Aber auch andere
Sachen, wie Obst und Gemüse. Also alles, was ein Bauernhof
so hergibt.
„Wir kaufen auch schon mal im Bauernladen", warf Cama ein.
„Ja, genau so war das früher auch. Nur mit der Milch lief das
anders. Die kam frisch von den Kühen. Heute kommt sie
abgepackt aus der Molkerei.
Jede Familie hatte eine blecherne Milchkanne mit der man
Milch einkaufte. Es gab kleinere für einen Liter Milch und
größere für zwei Liter Milch. Damit die Milch nicht
überschwappte, hatten die Kannen Deckel.
Ich konnte gut die Milchkanne rund schleudern. Das hatte ich
anfangs mit Deckel ausprobiert. Aber ohne Deckel war es viel
spannender. Man musste schnell schleudern, damit die Milch
nicht auslief. Mit gestrecktem Arm ließ ich die volle Kanne
vorwärts und rückwärts kreisen. Auch das Stoppen
beherrschte ich ohne Milchverlust. Ich war mit meiner
Milchkannenjonglage so weit fortgeschritten, dass ich die
Kanne sogar vor meinem Körper in einer liegenden Acht mit
wechselnden Händen kreisen lassen konnte. Zirkusreif war
das, fand ich.
Immer, wenn ich die Milch mit dem Fahrrad holte, hob meine
Mutter warnend den Zeigefinger. ‚Nicht schleudern', sagte sie
dann. Natürlich hatte ich aber jedes Mal geschleudert. Mit
Deckel auf der Kanne und einer Hand am Lenkrad.
Jetzt sollte ich wieder Milch holen. Die Ermahnung meiner
Mutter hatte auch diesmal keine Wirkung. Die Kanne ohne

Deckel, freihändig Fahrrad fahrend zu schleudern, war mein Ziel. Das wollte ich unbedingt verwirklichen."

Die Kinder hörten gespannt zu.

„Und, hast du?" Mani kam auf Marlies' Schoß geklettert. Er konnte auch schon einhändig fahren. Ihn faszinierte die Geschichte.

„Ja, hab ich. Ich kaufte die Milch, tat den Deckel auf die Kanne, denn der Milchfrau sollte nichts auffallen, sonst würde sie mich vielleicht bei meiner Mutter verpetzen. Das wollte ich selbstverständlich vermeiden.

Ich schob mein Fahrrad über die Straße und aus dem Blickfeld der Frau. Die andere Straßenseite hatte einen Bürgersteig mit Bordsteinkante. Dort stellte ich mein Rad mit der Pedale auf dem Bordstein ab, es hatte nämlich keinen Fahrradständer, nahm den Deckel von der Kanne und klemmte ihn auf den Gepäckträger. Dann fuhr ich los. Zuerst schleuderte ich ein paar Mal einhändig, so zu sagen als Übung. Dann nahm ich die andere Hand vom Lenkrad und schleuderte die Milchkanne vorwärts. Es klappte ganz toll. Ich war begeistert. Aber freihändig und vorwärts, also in Fahrtrichtung war einfach, fand ich. Ich stoppte den Vorwärtsschleudergang, fuhr weiter freihändig und wollte den Rückwärtsschleudergang ausprobieren. Wahrscheinlich hatte ich mich zu sehr auf die Kanne konzentriert. Mein Fahrrad machte einen Schlenker. Das Vorderrad kam an die Bordsteinkante. Die Kanne flog in hohem Bogen auf den Bürgersteig und ich auch.

Mit dem rechten Knie knallte ich auf die Steinkante. Es tat höllisch weh und blutete. Die Milch und mein Blut vermischten sich und flossen rosa in den Rinnstein.

Sitzend betrachtete ich mein Knie. Es blutete so stark, dass ich das Loch nicht erkennen konnte. Zum Glück hatte ich ein Taschentuch dabei. Das drückte ich stöhnend auf die Wunde.

Innerhalb kurzer Zeit war es festgeklebt. ‚So ein Mist, wie soll ich das jetzt meiner Mutter erklären?', dachte ich.

Mühsam rappelte ich mich hoch und sammelte die Milchkanne und den Deckel, der noch ein ganzes Stück weitergerollt war, ein. Mein Knie schmerzte höllisch. Radfahren war nicht mehr möglich. Ich hängte die Kanne an den Lenker und schob hinkend mein Fahrrad nach Hause. Es würde einhundertprozentig ein Donnerwetter geben, davon war ich überzeugt. Die Schmerzen und die zu erwartende Schimpfe trieben mir die Tränen in die Augen.

Blut- und tränenüberströmt mit einer leeren Milchkanne, kam ich zu Hause an. Meine Mutter bekam einen riesigen Schrecken, als sie mich so sah. Zum Glück nahm sie mich in die Arme, tröstete mich und beguckte sich mein Knie. Das Taschentuch, das mittlerweile bombenfest angeklebt war, zog sie vorsichtig ab. Tapfer biss ich die Zähne aufeinander.

‚Au weia', sagte sie. ‚Das ist aber ein großes Loch. Ich wasche zuerst einmal das Blut ab, dann mache ich einen Verband.'

Geduldig und schluchzend ließ ich alles geschehen.

Als sie fertig war, sah sie mich vorwurfsvoll an. ‚Du hast die Milchkanne beim Radfahren geschleudert', stellte sie wissend fest.

‚Ja, freihändig', fügte ich stolz hinzu.

‚Das Loch im Knie ist Strafe genug. Es wird dir hoffentlich eine Lehre sein. Aber, wenn noch einmal so etwas passiert, mein liebes Fräulein, dann ist es zappenduster. Hast du mich verstanden?'

‚Hm', antwortete ich kleinlaut und kuschelte mich in Mamas Halsbeuge.

„Und was war mit dem Loch im Knie?" „Bist du weiter freihändig gefahren?" „Hast du noch mal die Milchkanne geschleudert?"

Die Kids wollten alles genau wissen.

„Weil ein Knie immer bewegt wird, dauerte es lange, bis das Loch zugewachsen war. Die erste Zeit konnte ich gar nicht mehr mit dem Rad fahren. Ich hatte es zwar ausprobiert, aber jedes Mal riss die dünne Haut, die sich auf dem Loch gebildet hatte, wieder ein und es fing wieder an zu bluten. Also musste ich zu Fuß gehen.
Na gut, die Milchkanne habe ich weiter geschleudert, auch später beim Radfahren. Aber nie mehr freihändig. Das Risiko war mir zu hoch."

„Wir gehen spielen." Und weg waren die Drei. Marlies räumte den Tisch ab, verstaute alles in der Spülmaschine und ging auch in den Garten.
Das Wetter war nicht besonders. Alles grau in grau.
In der Nähe der Schaukel ragten dicke Wurzeln einer großen Tanne aus der Erde, die beim letzten Sturm umgefallen war. Bernd und Markus hatten den Stamm zu Brennholz verarbeitet, aber Baumstumpf und Wurzelwerk als natürliches Spielgerät für die Kinder so belassen, wie die Naturgewalt es präsentiert hatte. Imposant sah das aus. Der Wurzelkrater wurde von den Kindern mit Dreck zugeschüttet und eingeschlämmt. Sie machten die Baumrinde ab, schnitten dünne Wurzelverästelungen heraus und bestaunten das Leben, das ihnen bei ihrer Arbeit begegnete. Käfer, Ameisen, Würmer, Feuerwanzen. Sogar eine Erdkröte suchte das Weite. Interessant waren auch die Mäuselöcher. Sie versuchten die Mäuse mit Käse herauszulocken. Mit kleinen Schaufeln legten sie die Wege der Mäusestadt frei. Tossi half ihnen. Aber weder die Kinder noch der Hund bekamen eine Maus zu sehen.
„Wo sind die denn?", wollte Mani wissen.
Achselzuckend hatte Marlies geantwortet: "Ich glaube Mäuse sind schlau. Die haben beim Sturm bestimmt gespürt, dass

der Baum umfallen würde und sich rechtzeitig in Sicherheit gebracht. Der Garten ist ja groß genug. Sie werden sich eine andere Stelle gesucht und eine neue Mäusestadt geschaffen haben."

Irgendwann hatten die Drei ihr Wurzel-Baum-Projekt fertiggestellt. Auf den starken Wurzeln erklommen sie die Höhe. Der Stumpf diente als Plattform, Auto, Raumschiff, Motorrad, Ruderboot oder Laufsteg. Ihrer grenzenlosen Fantasie konnten die Kinder freien Lauf lassen.
Auch jetzt turnten sie auf dem Baum herum. Das Kinderlachen drang bis zu Marlies herüber. ‚So frei und herrlich können nur Kinder lachen', dachte sie zufrieden und schlenderte zum Kräutergarten.

Das frische, junge Grün leuchtete trotzend dem tristen, grauen Wetter. Die Tulpen waren geschlossen. Sie warteten auf Sonne. Dann würden sie sich öffnen und ihr strahlendes Rot dem Licht zuneigen.
‚Wenn die Sonne wieder scheint, mache ich mir aus einer Tulpe meine ganz persönliche Bachblütenessenz', überlegte Marlies.

Blüten (Bach- Art)

Dazu musste die Blüte mit etwas Stiel vorsichtig abgeschnitten und drei bis vier Stunden auf einem Liter Wasser in der Sonne schwimmen. Die Blume würde ihre Energie dem Wasser abgeben. Dann musste vorsichtig die Blüte aus dem Wasser genommen werden. In eine 100 ml dunkele Glasflasche kamen 50 ml Blütenwasser und 50 ml 40%iger Alkohol. Gut durchgeschüttelt und kühl aufbewahrt, hatte man eine lang haltbare Uressenz. Diese wurde nochmals verdünnt. Und zwar kamen drei Tropfen in 30 ml Wasser mit ein paar Tropfen Alkohol. Das war ein Verhältnis von 1 : 240. Von dieser verdünnten Essenz sollten drei Mal täglich fünf Tropfen die Selbstheilungskräfte aktivieren. Marlies hatte sich vorgenommen das mit ihren ganz persönlichen Tulpenblütentropfen bei allen beginnenden Zipperlein auszuprobieren.

Rote Tulpen, ihre Lieblingsblumen, gaben ihr bei deren Anblick schon so viel. Würden sie innerlich auch ihre Energie auf sie übertragen? Sie war von der Wirkung überzeugt, zumal man Blütenessenz mit jeder Blüte herstellen konnte, die eine besondere Wirkung auf einen selbst hatte.

Marlies ging zum Pavillon. An dem Baobab hatte sie zwischendurch immer mal wieder gearbeitet. Er war fast fertig. Trotzdem war noch einiges zu tun. Schließlich sollte es ein Ostergeschenk für Heidi und Markus werden. Die Baumäste hatte sie mit Bernds Stichsäge aus dem Stein gesägt. Er war etwas sauer, weil die Sägeblätter lädiert worden waren. Aber die Äste waren gut gelungen.

Marlies stellte sie vorsichtig oben auf den Baumstamm und begutachtete ihr Werk. Sie war mit ihrer Arbeit sehr zufrieden. ‚Wenn die Kinder weg sind, mache ich mit den Feilen die Schlussarbeiten', dachte sie jetzt. Anschließend musste mit einem Pinsel der Arbeitsstaub entfernt werden. Dann wollte sie die Poren des Gasbetonsteines mit weißer Fassadenfarbe verschließen. So würde der Baobab leuchtend weiß allen Wettern trotzen.

Marlies war gespannt auf die Reaktion von Heidi und Markus. Sie nahm die Äste wieder ab und deckte alles mit Bettüchern zu. Außer Bernd hatte bisher niemand ihr Kunstwerk gesehen. Selbst die Kinder, anfangs vorwitzig, achteten nicht mehr auf die abgedeckten Teile. Oma passte aber auch auf, dass der Pavillon von den Kids gemieden wurde.

Markus kam in den Garten. „Kinder, kommt, wir holen Mama ab", rief er.
Mani war gerade auf die höchste Baumwurzel gestiegen und winkte seinem Vater zu. Schnell kletterte er einige Wurzeln tiefer, sprang aus beachtlicher Höhe geschickt ab und lief auf seinen Vater zu. Cama beeilte sich Mani einzuholen, was ihr fast gelungen wäre. Maju folgte gemächlich.
„Erster", rief Mani und hüpfte in Papas Arme. Stolz sah er seine Schwester an. „Siehst du, ich bin schneller!"
„Du bist ja auch zuerst losgelaufen", sagte Cama vorwurfsvoll und verzog ihr Gesicht zu einer Grimasse.
„Wo ist Mama denn?", wollte sie wissen.
„Auf dem Tennisplatz. Sie hat ein Turnier. Wenn wir jetzt losfahren, können wir das letzte Spiel noch sehen. Vielleicht gewinnt sie ja."
Heidi war eine gute Tennisspielerin. Sie hatte schon oft Turniere gewonnen. Die Kinder waren gerne Zuschauer, wenn ihre Mutter spielte. Cama, die von Heidi Tennisunterricht bekam, kannte schon die Spielregeln. Sie konnte ihren Brüdern alles genau erklären.

Marlies verabschiedete die Vier am Auto.
„Ihr müsst die Mama anfeuern. Dann gewinnt sie bestimmt", sagte sie noch und winkend fuhren Markus und ihre Enkel davon.
Sie ging zum Baobab, zog die Abdeckung herunter und stellte fest, dass die Rindenstruktur noch etwas mehr ausgearbeitet werden musste, damit sich eine gute Licht- und Schattenwirkung ergeben würde. Die Sonne stand gerade im richtigen Winkel zudem Baobab, um genau das, als i-

Tüpfelchen des Kunstwerkes, herausarbeiten zu können. Mit Spitz- und Zahnmeißeln vervollständigte sie ihr Werk.

Betrachtete es zwischendurch immer wieder aus verschiedenen Perspektiven von allen Seiten und vertiefte sich dermaßen in ihre Arbeit, dass sie Bernd nicht bemerkte, der durch den Garten zu ihr gekommen war.

„Super", sagte er begeistert und fuhr mit einer Hand über die Baumrinde und mit der anderen liebevoll über Marliess Rücken.

„Kann ich dir helfen?"

„Ja, gerne. Ich weiß noch nicht, wie die Äste auf dem Baumstamm befestigt werden können. Soll ich die, na sagen wir, kleben, oder was meinst du?"

Gemeinsam betrachteten sie die einzelnen Teile. Der Baobab hatte oben 10 cm Durchmesser. Den unteren Astteil hatte Marlies so gearbeitet, dass er bündig auf den Stamm passte. Die oberen Äste passten wiederum bündig in die untere Astgabel.

Kleben wäre eine Möglichkeit gewesen. Bernd begutachtete fachkundig die Konstruktion.

„Der Baum wird Wind und Wetter zu allen Jahreszeiten ausgesetzt sein. Ich denke, es wäre besser, die drei Teile mit einer rostfreien Verschraubung zu verbinden, dann sind sie nicht starr verbunden und können besser Sturm und Windböen widerstehen."

„Das ist eine gute Idee. Machst du das?"

„Na klar, wann?"

„Morgen. Ich will jetzt noch mit den Feilen kleinere Unebenheiten wegmachen. Wenn du dann die Äste befestigt hast, kann ich die erste Schicht Farbe auftragen. Ich denke, drei oder vier Mal muss ich schon streichen, damit die Poren zu sind und sich eine glatte Oberfläche ergibt."

„Ja, das glaube ich auch. Aber die Fassadenfarbe trocknet schnell, so dass du zügig weiterarbeiten kannst. Okay, wir verbleiben so. Morgen früh befestige ich die Äste."

„Danke, mein Schatz." Marlies gab Bernd einen Kuss.

„Ich mache uns jetzt mal einen Kaffee", sagte er lachend.

Aus der großen Auswahl von Steinfeilen, wählte Marlies die jeweils Passende aus. Mal eine gebogene oder runde, dann eine flache oder spitze. Je nach Bedarf.

Sie arbeitet kontinuierlich von oben nach unten. Als Bernd mit Kaffee und Gebäck kam, hatte sie sich schon halb um den Baum herum gearbeitet.

„Wenn ich mit dem Stamm fertig bin, werde ich den Ästen mit den Feilen noch einen Kick verleihen. Sie sind mir zu statisch. Etwas mehr Bewegung brauchen sie, dann sieht der gesamt Baum gefälliger aus", sagt Marlies kauend.

Tossi hatte sich am Nachbarzaun aufgehalten. Jetzt saß sie, in Gebäckerwartung sabbernd, vor den Beiden.

„Was hältst du von einer Sardinienreise?" Bernd sah Marlies fragend an.

„Das wäre wunderbar. Wir könnten die Insel erforschen, auf der wir bisher noch nicht waren."

„Ich habe an vier Wochen von Mitte Mai bis Juni gedacht", sagte Bernd.

„Das ist einfach die schönste Zeit. Wenig Tourismus und noch keine Ferien. Ja, das sollten wir machen."

Marlies schaute versonnen auf ihr Kunstwerk. Sie freute sich jetzt schon auf die Reise.

8.

„Ihr wisst doch, dass Karin und ich von klein an Freundinnen sind."

„Ja, ihr habt nebeneinander gewohnt." Cama hörte besonders gerne Geschichten von Marlies und Karin.

Oma saß mit ihren Enkeln auf der Bank am Teich. Die Kaulquappen hatten nicht nur beachtliche Größen erreicht, sondern man konnte sehr gut erkennen, dass sich zwei Arten entwickelten. Kröten und Frösche.

Schon vor zwei Wochen beobachteten sie verschiedene Körperformen. Bernd hatte in einem Tierlexikon nachgeschlagen, um den Kindern und Marlies den Unterschied erklären zu können.

Es gab zwar wesentlich mehr Kröten als Frösche in den Teichen, aber die Frösche würden bleiben und die Kröten größtenteils wegwandern.

Allerdings hatten die Frösche wenig Überlebenschancen, weil täglich ein Frischreiher zu Besuch kam, für den gerade Frösche ein besonderer Leckerbissen war. Tossi verjagte zwar den großen Vogel, aber der war mindestens so schlau, wie die Hündin.

Er glitt ganz leise aus der Luft an den Rand des Wassers und verharrte dort regungslos. Bewegung kam erst in ihn, wenn er gezielt zum Fang ansetzte. Das war dann der Moment, in dem Tossi ihn bemerkte und losspurtete. Der Fischreiher beobachtete den Hund genau, um im letzten Augenblick seine großen Flügel auszubreiten und mit seiner Beute wegzufliegen.

Manchmal umkreiste er die Hündin in der Luft, der springend dem Vogel nachjagte und ihm hinterher schaute, wenn er weg flog.

War es immer derselbe Fischreiher, der kam?
Machte er nur seine Spielchen mit der Hündin und freute sich
darüber?
Marlies konnte diese Fragen den Kindern nicht beantworten.

Kaffeekanne

„Mittags kochte meine Mutter immer und abends gab es
Butterbrote. Meine Eltern tranken dazu Kaffee und ich Milch
oder Kakao."
„Die Milch aus der Milchkanne", ergänzte Mani.
„Genau. Es war Abendessenszeit. Karin und ich hatten
draußen gespielt und kamen gerade in unsere Küche, als
meine Mutter den Kaffee machte.
Eine Kaffeemaschine gab es damals noch nicht. Man kaufte
Kaffeebohnen, die dann in einer mechanischen Kaffeemühle
zu Kaffeemehl gemahlen werden mussten. Das machte
meistens mein Vater. Man brauchte richtig Kraft. Ich hatte es
auch schon mal versucht, aber ich bekam die Kurbel immer
nur etwas vor und zurück gedreht, so dass die Bohnen kein
Mehl in die Schublade abgaben. Es war zu schwer für mich.
Jedenfalls stand die Kaffeekanne auf dem Tisch. Oben drauf
thronte ein Porzellanfilter. Darin war eine Filtertüte mit
Kaffeemehl.
Mama gab kochendheißes Wasser in diese hohe
Konstruktion. Es dampfte und roch gut.
‚Willst du mit uns zu Abend essen, dann mache ich dir auch
eine Tasse Kakao?', fragte Mama Karin.
‚Eine Tasse Kakao trinke ich gerne, aber Abendessen muss
ich zu Hause", antwortete Karin.

‚Gut, der Kaffee ist gleich fertig, dann mach ich für euch den Kakao.'

Karin und ich waren sieben Jahre alt. Wir konnten beide gut turnen, weil wir einmal in der Woche zum Training im Leichtathletikverein auf den Sportplatz gingen.

Mein Vater saß an der einen Seite des Küchentisches und las Zeitung. Auf der anderen Seite stand der Kaffeekannenturm mit dem heißen Kaffee.
‚Wetten, dass ich mein Bein über den Filter schwingen kann?', sagte ich zu Karin.
Tisch, Kanne und Filter waren so hoch, wie ich groß war.
Karin guckte mich erschrocken an und wettete lieber nicht.
Mein Vater schaute über die Zeitung und sagte streng: ‚Lass das. Ich warne dich.'
‚Ich kann das aber', reagierte ich trotzig.
‚Ich auch', unterstützte Karin mich.
‚Hört auf damit.' Papa sah uns beide vorwurfsvoll an.
Mama wuselte am Herd mit der Milch herum, stand mit dem Rücken zu uns und schüttelte verständnislos mit dem Kopf.
Auf der Längsseite des Küchentisches stand ein dunkelgrünes Sofa unter dem Fenster. Mittags hielt mein Vater darauf sein Schläfchen.
Sonst war es mein Sofa. Spielsachen, Bücher, Puppen. Alles durfte ich darauf liegen lassen. Leider nur bis nach dem Abendessen. Dann musste ich alles weg räumen. Das tat ich nicht so gerne. Aber, es musste sein.

Jetzt saßen Karin und meine Puppen auf dem Sofa. Wir wollten noch etwas mit ihnen spielen, bevor Karin nach Hause ging. Ich stand noch vor dem Tisch.

Papa hatte sich wieder in die Zeitung vertieft. Mama kehrte uns immer noch den Rücken zu.

Nun war der Moment gekommen. Ich nickte Karin zu, schwang mein rechtes Bein nach links um es in hohem Bogen über die heiße Kaffeekanne und den Filter zu schleudern.

PENG! Ich hatte es nicht ganz geschafft. Der Filter flog von der Kanne auf die Puppen - Karin hatte sich reaktionsschnell zur Seit fallen lassen. Das nasse Kaffeemehl verbreitete sich auf dem Sofa. Die Kanne kippte um, ergoss und verspritzt ihren Inhalt überall hin.
Kaffeemehl und Kaffe wurden in Sekundenschnelle auf dem Tisch, dem Boden, dem Sofa und, für mich am Schlimmsten, auf den Puppen, zu einem schwarzen, pampigen Brei.
Karin schaute mich liegend mit vor Schreck geweiteten Augen an.
‚Au weia', entfuhr es mir.
Ich war wie gelähmt. Meine Mutter fuhr herum Besorgt fragte sie: ‚Hast du dich verbrannt?'
Kopfschüttelnd beobachtete ich meinen Vater.
Wie eine Rakete schoss er vom Stuhl hoch, der wiederum mit einem Knall rückwärts gegen den Küchenschrank donnerte, und kam wutentbrannt und schimpfend auf mich zu.
Schnell duckte ich mich und verschwand unter dem Tisch. Die Chance, dass er mich hier erwischte, war zu groß. Der Länge nach rollte ich mich unter das Sofa.
‚Komm sofort daraus!', befahl er.
‚Nein, ich bleibe hier', antwortete ich tränenreich.
Karin war mittlerweile vom Sofa geklettert und stand verdattert in der Küche. Auch ihr liefen die Tränen über das Gesicht.
‚Geh nach Hause, du kannst ja nichts dafür.' Meine Mutter legte ihren Arm um sie und brachte sie hinaus.

Mittlerweile war ich Auge in Auge mit meinem Vater. Er lag nämlich unter dem Tisch und ich immer noch unter dem Sofa. Wir sahen uns an, ohne ein Wort zu reden. Meine Tränen strömten geräuschlos aus den Augen. Ich biss die Zähne zusammen und wollte unbedingt, dass das Augenwasser aufhörte zu fließen.

Meine Mutter begann bereits mit den Aufräumarbeiten.

‚Jetzt komm endlich da unter raus. Außer der Schweinerei ist doch nichts passiert. Keine Verbrennungen und keine Scherben.'

‚Und die Puppen?', kam es schluchzend unter dem Sofa hervor.

‚Die kriegen wir schon wieder hin', antwortete sie milde.

Das stimmte mich zuversichtlich.

‚Es tut mir leid', sagte ich zu meinem Vater und sah ihn zerknirscht an. ‚Ich tu das nie mehr wieder.'

‚Das will ich hoffen. Jetzt komm da raus und wir unterhalten uns wie normale Menschen über den Vorfall.'

Papa krabbelte zuerst unter dem Tisch hervor und setzte sich wieder auf seinen Stuhl. Ich robbte nach vorne und schlängelte mich zwischen den Tischbeinen hindurch auf ein trockenes Stück Sofa. Betreten hörte ich mir die Strafpredigt meiner Eltern an. Ich bekam zwei Tage Stubenarrest.

„Das war doch nicht so schlimm. Ich hatte auch schon Stubenarrest", prahlte Maju vor seinen Geschwistern.

„Ich doch auch." Cama giftete ihren großen Bruder an.

„Durftest du dann fernsehen?" Mani kam auf Omas Schoß. Er wusste, dass Stubenarrest eine harte Strafe war.

„Das weiß ich gar nicht, weil wir noch gar keinen Fernseher hatten.

„Warum nicht?"

„Es gab noch keine."

102

„Wirklich?"

„Ja, ehrlich. Ein, zwei Jahre später kauften meine Eltern einen Fernseher. Wir waren eine der ersten Familien, die einen hatten. Das Bild war nicht bunt, wie heute, sondern schwarz-weiß. Kindersendungen gab es nicht. Überhaupt gab es ganz wenige Sendungen. Wenn aber etwas Besonders kam, zum Beispiel ein Fußballspiel oder eine Theaterübertragung, dann waren ganz viele Leute bei uns zu Hause.

Alle Bekannten, die noch keinen Fernseher hatten, saßen auf allen möglichen Stühlen und auf dem Sofa. Wir Kinder saßen auf der Erde.

Es gab Knabberzeug oder Selbstgebackenes. Wir Kinder fanden es wie im Kino. Doof war allerdings, dass wir immer leise sein mussten. Deshalb haben wir es nie besonders lange ausgehalten. Wir wollten dann doch lieber spielen. Und das solltet ihr jetzt auch tun. Ich will nämlich einen Kuchen backen. Morgen kommen Karin und Klaus zum Kaffee, und die kennen meinen Bienenstich noch nicht."

„Kommt", sagte Cama, „wir suchen uns ein Stück Holz und spielen Vater, Mutter, Kind. Das Holz ist dann die Kaffeekanne."

Diskutierend über die Rollenverteilung verschwanden sie in den hinteren Teil des Gartens.

Klaus war Bernds Freund aus Kindertagen. Sie wohnten im selben Ort und waren gemeinsam zur Schule gegangen. Karin und Klaus hatten sich durch Marlies und Bernd kennen gelernt. Seit dem bestand ihre Viererfreundschaft.

Marlies ging in die Küche, um die Zutaten für den Bienenstich zusammen zu stellen und den Backofen auf 200 Grad vorzuheizen. Sie hatte die Selbsterfahrung gemacht, dass backen und auch kochen einfacher ging, wenn alles, was man brauchte, vorher bereitgestellt wurde. Dann gab es keinen Stress. Richtiges Backen brachte sie sich seit zwei Jahren selber bei. Es war gar nicht so einfach. Viele Hefeteigversuche scheiterten bisher jedes Mal am Ergebnis. Obwohl Marlies der Meinung war, alles richtig zu machen, und es beim Backvorgang verführerisch roch, war es immer nur Hundekuchen geworden. Nach Abkühlen und Anschneiden wurden ihre Hefe-Backwaren hart wie Stein. Aber sie wollte nicht aufgeben. Demnächst würde sie zum ungezählten Mal den Versuch eines Rosinenblatzes machen. Sie hatte sich geschworen, so lange weiter zu machen, bis es ihr gelingen und der Blatz auf der Zunge zergehen würde.

Anders war das mit dem Bienenstich. Den konnte sie mittlerweile aus dem ff. Marlies hatte sich dafür inzwischen ihr eigenes Rezept zusammengestellt. Das war beachtlich, zumal sie sich während ihres Berufslebens nie mit Backen beschäftigt hatte. Bei Freunden und Bekannten gab es immer mal wieder leckeres Selbstgebackenes. Aber Marlies wäre gar nicht auf die Idee gekommen, sich für die Rezepte zu interessieren. Erst im Rahmen ihrer Umorientierung entdeckte sie das Backen für sich.

Betti, Heidis Mutter, war ihre beste Lehrmeisterin. Die konnte wunderbar backen. Bettis Torten und Kuchen sahen immer aus wie vom Konditor. Sie schmeckten besser als im Café, weil Betti nicht mit den Zutaten geizte. Das imponierte Marlies, die zunächst versuchte, die verschiedenen Teigarten zu erkennen. Das war schwierig. Nicht, dass sie keine Backbücher gehabt hätte. Aber die standen mehr oder weniger ungenutzt im Küchenregal.

Was war der Unterschied zwischen all den Teigsorten? Welchen Teig brauchte man wofür? Betti gab ihr den Tipp, mit Biskuit anzufangen. Der sei vielfältig verwendbar und einfach herzustellen.

Marlies wälzte ihre Backbücher um festzustellen, dass jedes Biskuitrezept seine eigenen Zutaten hatte. Es dauerte einige Versuche, bis sie in der Lage war, sich ihr eigenes Grundrezept zusammen zu stellen. Sie hatte verstanden.

Auf der Basis des Grundrezeptes waren eigene Variationen jederzeit möglich. Geschmacklich und farblich. Sollte der Teig braun werden, kam Kakao hinzu.

Nüsse, Mandeln oder Rosinen konnte man untermischen, oder einen Schuss Weinbrand, Rum, Likör oder andere Gaumenfreuden. Das Grundrezept war für einen Biskuitboden. Tat man den Teig in eine Springform von 24 cm Durchmesser, ging er so schön auf, dass er nach dem Backen einmal durchgeschnitten und gefüllt werden konnte. Wurden die Zutaten verdoppelt, reichte der Teig für ein ganzes Backblech. Zum Beispiel für eine Erdbeer- oder Zitronenrolle. Es war wirklich einfach, wenn man es verstanden hatte.

Der Bienenstich war ihr Lieblingskuchen. Einfach und schnell zu machen und immer lecker.

Die Füllung konnte man mal mit Likör, zum Beispiel Amaretto, Schokoladenraspel, abgeriebener Zitronenschale oder was einem gerade so einfiel verfeinern. Marlies fand Amaretto am leckersten. Nicht zu viel, aber auch nicht zu wenig.

Jetzt stellte sie die Zutaten nach ihrem eigenen Rezept bereit:

Bienenstich

Für den Biskuit:

4 Esslöffel Wasser
2 Eier
1 Vanillezucker
75 Gramm Zucker
100 Gramm Mehl
½ Päckchen Backpulver
4 Esslöffel Öl

für den Mandelkrokant:

50 Gramm Butter
4 Esslöffel Zucker
200 Gramm Mandelblätter
etwas Kondensmilch oder süße Sahne

für den Belag:

100 Gramm Marzipanrohmasse

für die Füllung:

500 ml Milch
1 Vanille-Kochpudding
1 Vanillezucker
2 Esslöffel Amaretto
1 süße Sahne

Dann begann die Zubereitung.

„Oma, wir haben Durst."
Cama hatte schon einen Korb in der Hand, um Getränke und Gläser in den Garten zu tragen.
Marlies gab ihr Saft und vier Gläser.

„Gleich ist der Kuchen fertig gebacken. Ich komme zu euch, wenn ich ihn aus dem Backofen geholt habe."
„Es riecht so gut. Hast du für uns auch was?"
„Ja klar, nimm die Plätzchendose mit."
„Aus dem Wohnzimmerschrank?"
„Ja."
„Gut."
Cama holte die Dose und ging mit dem gefüllten Korb zu ihren Brüdern in den Garten.

Der Kuchen war zum zweiten Mal im Backofen. Durch ein Sichtfenster in der Tür konnte man ihn beobachten. Der Mandelkrokant hatte schon eine hellbraune Farbe. In fünf Minuten würde er fertig sein.
Die Creme stand fertig im Kühlschrank.

Marlies setzt sich auf den Küchenstuhl und ließ ihren Gedanken freien Lauf:
‚Wenn die Kinder weg sind, kriegt der Baobab die letzte Farbschicht.
Was koche ich heute Abend?
Eine Flasche Sekt brauchen wir morgen zum Empfang für Karin und Klaus.
Die Auflage vom Liegestuhl ist kaputt. Ich werde Stoff kaufen und selbst einen neuen Bezug nähen.
Habe ich noch das Sommerkleid-Schnittmuster?
Die Kräuter werde ich einfrieren.

Die Eukalyptus-Gartenmöbel müssen mit Holzöl behandelt werden.
Heute Abend mache ich Butterkartoffeln, Schnitzel und Salat.'

Marlies nahm einen Zettel und notierte: Sekt, Liegestuhlauflagen, Sommerkleid-Schnittmuster, Kräuter einfrieren, Gartenmöbel ölen.

Schnell lief sie in den Keller. Sekt war noch da. Der Timer klingelte. Sie flitzte in die Küche und schaltete den Backofen aus, nahm den Kuchen heraus und entfernte den Springformrand. Gut sah der Kuchen aus. Genau die richtige Farbe. Auf dem Kuchengitter musste er jetzt abkühlen.

Bevor sie zu den Kindern ging, holte sie zwei Schnitzel aus dem Tiefkühlschrank. Bis zum Abend würden die aufgetaut sein.

„Oma, komm, schaukele mit uns um die Wette." Maju saß auf der Schaukel und schaute Oma herausfordernd an.
„Um welche Wette?"
„Wer zuerst oben ist, muss nicht aufräumen."
„Okay, du Schlawiner."

Cama und Mani sollten Schiedsrichter sein.

„Wir zählen abwechselnd bis vier. Dann könnt ihr anfangen. Wenn wir „stopp" sagen, müsst ihr aufhören. Wer dann am höchsten war, hat gewonnen." Cama legte, wie selbstverständlich, die Regeln fest.
Sie zählte ‚eins', Mani ‚zwei', Cama ‚drei', Mani ‚vier'.
Maju und Oma starteten. Maju wollte unbedingt gewinnen. Er legte sich so ins Zeug, dass er schneller hoch kam als Oma,

obwohl die ja größer war. Cama schubst Mani an und wie aus einem Mund riefen sie „stopp". Natürlich hatte Maju gewonnen. Er hatte aber auch so eine raffinierte Schaukeltechnik entwickelt, dass nur er gewinnen konnte, stellte Oma fest. Jetzt rief er stolz: „Gewonnen, gewonnen. Ich muss nicht aufräumen."
Sie beiden anderen wollten auch schaukeln.
„Aber nicht um die Wette," sagte Mani, „dann verlier ich."
„Na gut", erwiderte Cama, „dann einfach so, bis in den Himmel."
Hinter der Schaukel standen Holundersträucher, die Marlies im frühen Frühjahr radikal zurückgeschnitten hatte. Ob sie dieses Jahr Holunderbeeren ernten könnte, um Gelee zu machen? Es würde sich zeigen. Hier war auch ein Tisch hoher Baumstumpf, auf den Cama den Saft und die Gläser gestellt hatte. Mehrere Plastik-Gartenstühle standen kreuz und quer herum. Marlies holte sich einen Stuhl, setzte sich neben den improvisierten Tisch und goss sich ein Glas Saft ein. Die Sonne schien so herrlich, dass sie ihre Hosen und die Ärmel ihres T-Shirts hochkrempelte, um die warmen Strahlen direkt auf ihrer Haut spüren zu können.
Maju gesellte sich mit einem Stuhl zu ihr. „Oma, ab Montag haben wir Osterferien. Können wir dann jeden Tag kommen?"
„Das würde mich sehr freuen", antwortete Oma. „Wann fahrt ihr denn nach Flensburg?"
„Am Freitagmorgen um 8 Uhr."
„Dann sollten wir mal überlegen, was wir von Montag bis Donnerstag gemeinsam machen können. Hast du dir schon was überlegt?"
„Nein, noch nicht."
„Cama, Mani, kommt mal her", rief Oma die anderen Beiden.

Irgendwie spürten die Zwei, dass etwas besprochen werden sollte. Sie brachten Stühle mit und setzten sich zu Maju und Marlies.

„Also, Maju sagt, nächste Woche Freitag fahrt ihr nach Flensburg, und von Montag bis Donnerstag wollt ihr jeden Tag hier hin kommen. Deshalb sollten wir mal überlegen, was wir dann machen. Wer hat eine Idee?"

„Oma, du weißt, dass wir nichts unternehmen wollen", sagte Cama vorwurfsvoll.

„Ist ja gut, aber gemeinsam etwas machen könnten wir doch, auch wenn wir hier bleiben."

„Du erzählst uns Geschichten", schlug Mani freudig vor.

„Jeden langen Tag? So lange Geschichten kann ich gar nicht erzählen."

„Dann aber jeden Tag eine." Mani ließ nicht locker.

„Na ja, schau' n wir mal. Aber in jedem Fall sollten wir am Donnerstag grillen mit Mama und Papa. Das wäre dann unser Osteressen. Schließlich will der Osterhase für euch hier im Garten auch etwas verstecken. Und Markus und Heidi bekommen dann den Baobab geschenkt."

„Dürfen wir auch ein Lagerfeuer machen?", wollte Mani wissen.

„Na klar, das wird dann unser Osterfeuer", antwortete Oma.

„In dem Dorf bei Flensburg, wo Tante Heidi und Onkel Klaus wohnen, wird auch ein Osterfeuer gemacht. Jedes Jahr. So groß, wie bei uns das Martinsfeuer", sagte Cama.

„Woher weißt du das?", wollte Marlies wissen.

„Von Oma Betti. Wir gehen alle da hin."

Das ist ja prima. Dann machen wir hier schon mal unser kleines Osterfeuer und das Große erlebt ihr dann dort ein paar Tage später. Jedenfalls könnt ihr am Donnerstag bei uns im Garten Holz für das Feuer zusammen suchen."

Maju, der Ökonom schaute sich um und bemerkte: „Wir
brauchen große Holzstücke und Reisig zum Anzünden.
Können wir das von dem großen Haufen dahinten nehmen?
Damit wollte Opa doch sowieso ein Feuer machen."
„Bestimmt" antwortete Oma, „aber das könnt ihr ja mit Opa
besprechen."

Die Kinder liefen zu dem Äste - Haufen, der im Laufe des
Frühjahrs durch Rückschnitt von Sträuchern und Bäumen
entstanden war.
Sie diskutierten lautstark darüber, welche Äste und Zweige
wann für das Lagerfeuer zum Einsatz kommen würden.
Marlies gesellte sich zu ihnen. „Den Donnerstag haben wir
jetzt verplant. Also bleiben uns noch drei Tage, für die wir uns
etwas überlegen sollten. „Wer hat eine Idee?"
„Ich", meldete sich Cama. „Wir hatten in der Schule eine
Projektwoche über die vier Elemente: Feuer, Wasser, Luft und
Erde."
„Das hatten wir auch schon mal", sagte Maju.
„Wir könnten doch alle zusammen ein großes Bild machen.
Jeder von uns ist ein Element", führte Cama weiter aus.
„Ich bin Feuer", Mani sagte das mit so einer Bestimmtheit,
dass es daran nichts mehr zu ändern geben würde.
„Okay, du bis Feuer. Justus, was willst du sein?"
„Erde", antwortete er knapp.
„Das ist gut. Ich möchte nämlich Wasser sein. Oma, dann bis
du Luft."
Marlies musste lachen wegen der Zweideutigkeit dieses
Satzes.
„Das ist aber eine ganz, ganz tolle Idee. Wir nehmen auf jeden
Fall eine große Leinwand."

„Ja. Und jeder muss sich bis Montag überlegen, wie er sein Element auf der Leinwand darstellt." Lehrerinnengleich bestimmte Cama die Vorgehensweise.

‚Sie hat in der Schule gut aufgepasst', dachte Marlies begeistert. ‚Wie stelle ich denn Luft auf der Leinwand dar?', ging es ihr durch den Kopf. Dazu würde sie sich bis Montag etwas einfallen lassen müssen. Eine schwierige Aufgabe, fand sie.

„Seid ihr Jungs damit einverstanden?" Oma schaute die beiden, die eifrig als Bestätigung nickten, fragend an. „Dann haben wir ja nächste Woche viel zu tun. Ich bringe am Wochenende die Leinwand und Farben in den Pavillon, dann können wir am Montag direkt mit unserem Projekt beginnen. Soll ich Stracciatella für nächste Woche machen?"
„Jaaaaa", kam die einheitliche Antwort.
„Oma, du wolltest mir doch das Rezept für den Stracciatella - Nachtisch geben, damit Mama den auch mal machen kann." Cama sah Oma vorwurfsvoll an.
„Stimmt, komm wir gehen in die Küche, dann diktiere ich es dir.
„Wir bleiben hier", sagte Maju zu seinem Bruder, der hinzufügte: „wir finden Rezepte nämlich langweilig."
Marlies legte ihren Arm um Camas Schultern und die beiden gingen durch den Garten in die Küche.

„Was soll ich schreiben?" Cama saß mit Bleistift und Papier am Küchentisch
„Als Überschrift: Stracciatella – Nachtisch."
„Nachtisch kann ich, aber Stracciatella?"
Oma buchstabierte das schwere Wort und Cama schrieb:

Stracciatella – Nachtisch

Zutaten:

500 Gramm Quark
300 Gramm Joghurt
1 Ei
2 Vanillezucker
6 Esslöffel Zucker
etwas Zitronensaft
1 Süße Sahne
1 Tafel Vollmilchschokolade

Zubereitung:

Quark, Joghurt, Eigelb, 1 Vanillezucker ,5 Esslöffel Zucker und
den Zitronensaft in einer Glasschüssel vermischen.
Eiweiß mit ein paar Tropfen Zitronensaft steif schlagen.
Unter die Quark-/Joghurtmasse heben.
Süße Sahne mit 1 Vanillezucker und 1 Esslöffel Zucker steif
schlagen und ebenfalls unterheben.
Die Tafel Schokolade raspeln (geht einfach mit einem
Kartoffelschälmesser) – unterheben.
Abschmecken mit Zucker und Zitronensaft.

„Jetzt möchte ich noch ‚guten Appetit' drunter schreiben. Wie
schreibt man das?"
„Mit zwei ‚p'."

Cama schrieb ‚guten Appetit' unter das Rezept, faltete das
Blatt sorgfältig zusammen und steckte es in ihre Hosentasche.
Etwas ging ihr durch den Kopf. Sie holte das Blatt wieder
heraus, betrachtete es und fragte:

„kann ich das kopieren?"
„Ja klar, warum?"
„Dann habe ich auch eins für Oma Betti", sagte sie im Weggehen.

9

Vier – Elemente – Bild

Am Wochenende hatte Marlies alle Utensilien für das Vier –
Elemente - Projekt in den Pavillon gebracht.
Eine große, auf Keilrahmen bespannte, Leinwand,
1 Meter mal 1,20 Meter. Die Klebekiste, Pinsel, Spachtel,
Scheren, Messer, bunte Acrylfarben, Zeitungspapier,
Stoffreste und einen Eimer mit weißer Fassadenfarbe. Die
hatte sie beim Baobab verwendet. Er war noch halbvoll.

Für jedes Kind hatte sie aus alten Oberhemden von Bernd
einen ‚Malkittel' gemacht. Dafür wurden die Kragen und Ärmel
abgeschnitten. Falsch herum angezogen, also im Rücken
geknöpft, handelte es sich um zweckdienliche Schutzkittel. Die
Hemden waren in unterschiedlichen Farben und Mustern, so
dass es keine Verwechslungen geben konnte. Für Cama gab
es einen bunt karierten, für Maju einen längs gestreiften und
für Mani einen hellblauen, einfarbigen Kittel. Die
Hemdenkragen waren unterhalb der Borte abgeschnitten
worden. So ergab sich ein schöner Halsausschnitt. Der wurde
mit der Nähmaschine gekurbelt, damit er nicht einreißen
konnte. Die Ärmel hatte Marlies ganz weit oben mit der Zick –
Zack – Schere abgetrennt.

Am Samstag war sie im Stoffgeschäft gewesen und kaufte
Jeansstoff für ein Sommerkleid. Vor einigen Jahren hatte sie
sich ihre persönlichen Schnittmuster selbst aus Zeitungspapier
gemacht. Danach nähte sie sich ihre individuelle Mode selbst.
Kleider und Oberteile, die immer gut saßen. Jetzt sollte es ein
Jeanskleid für den Sardinienurlaub werden. Das Schnittmuster
war inklusive Nahtzugaben. Sie brauchte es nur auf dem Stoff

mit ein paar Nadeln festzustecken und diesen dann an den Rändern des Schnittmusters vorbei auszuschneiden. Das Kleid bestand aus drei Teilen. Ein Rücken- und zwei Vorderteilen, die, damit es gut fiel, in der Mitte zusammengenäht wurden. Als Sommerkleid war es natürlich ärmellos. Ein ziemlich tiefer V-Ausschnitt verlief von den schmalen Schulternähten bis zur Mittelnaht.

Immer, wenn Marlies sich ein Kleidungsstück nähte, konnte sie es kaum erwarten, bis es fertig war. Deshalb hatte sie das Kleid sofort am Samstag zugeschnitten, mit Nadeln zusammen gesteckt, anprobiert und, da es passte, die Nähte mit der Maschine geschlossen. Damit die Schnittflächen an den Nähten nicht ausfransen konnten, wurden sie mit Zick – Zack – Stich gesäubert. Zum Stoff passendes Schrägband hatte Marlies auch gekauft. Das wurde auf die Oberseite des Halsausschnittes und der Armlöcher genäht, dann nach innen umgeschlagen und gesteppt. Bei einer weiteren Anprobe steckte sie die Länge des Kleides ab und bügelte der Einfachheit halber zunächst über die Saumkante. Damit es ein schöner sauberer Saum wurde, machte sie ihn doppelt, hielt das Dampfbügeleisen drauf und steppte ihn anschließend. Nach zwei Stunden hatte sie ein wunderbar sitzendes Sommerkleid nach eigenem Entwurf. Marlies war stolz auf sich.

Der Sonntag war ein Sonnentag. Der richtige Tag für die Bachblütenherstellung.
Die roten Tulpen im Kräutergarten standen in voller Blüte. Weder der Stiel noch die Blüte durften mit der nackten Hand beim Abschneiden angefasst werden. Die Blume musste ihre volle Energie dem Wasser abgeben. Mit einem Tuch in der linken Hand hielt Marlies die Blüte vorsichtig fest und schnitt

116

den Stiel fünf Zentimeter unterhalb des Blütenkelches mit einem scharfen Messer ab. Auf der Bank stand bereits eine Glasschüssel mit einem Liter Wasser in der Sonne. Dort hinein legte sie vorsichtig die Tulpe.
Nach drei Stunden war die Sonne weitergezogen. Die Schüssel stand im Schatten. Marlies nahm die Tulpe behutsam mit einem Gummihandschuh aus dem Wasser. Dann stellte sie die Bachblütenessenz nach Rezept fertig.

„Oma, guck mal, ich habe gestern für mein Wasserelement Fische aus Aluminiumfolie gebastelt." Cama hatte viele kleine und große Fische in einem Briefumschlag mitgebracht, als die Kinder am Montag morgen kamen.
„Das heißt, du hast dir Gedanken über dein Element gemacht. Das ist sehr lobenswert. Ihr auch?" Oma sah die beiden Jungen fragend an.
„Ich mache ein Lagerfeuer", sagte Mani begeistert.
„Und ich einen Berg und einen Baum. Der Baum soll Wurzeln haben, die ganz tief in die Erde gehen." Maju gestikulierte mit seinen Händen, um den Anderen seine Überlegungen klar zu machen.
Cama holte die Fische aus dem Umschlag und breitete sie auf dem Tisch im Pavillon aus.
„Die sind schön geworden." Oma betrachtete sie eingehend. Manche hatten aufgeklebte Schwimmflossen. Andere waren dick und rund. Ein paar konnten sogar sehen, weil sie Punkte als Augen hatten.
„Ich bin begeistert darüber, dass ihr alle wisst, was ihr machen wollt."
„Was machst du denn?" Mani schaute Oma mit großen Augen fragend an.
„Ich male bunte Luftballons."

Marlies zeigte auf die Leinwand. „Wir sind zu viert und die Leinwand hat vier Seiten. Ich habe mir gedacht, jeder von uns arbeitet auf einer Seite. Dann kann man später das Bild mal so und mal so aufhängen und es wird immer anders aussehen. Außerdem können wir alle gleichzeitig arbeiten und trotzdem kann jeder den Anderen zugucken."
Ihre Enkel schauten etwas zweifelnd auf die Leinwand, fanden die Idee aber dann gut.
„Oma, wie soll ich denn das Lagerfeuer machen?" Mani schaute etwas ratlos auf die Utensilien auf dem Tisch.
„Du könntest dir Reisig suchen und mit Kleister aufkleben."
„Au ja", und weg war er. Gezielt lief er zu dem Äste - Haufen.
„Ich klebe meine Fische auch auf", meldete sich Cama. „Darf ich mir auch noch Muscheln aus dem Glas im Badezimmer holen?"
„Ja, such dir welche aus." Auch Cama verschwand.
„Ich möchte für meinen Berg richtige Erde nehmen. Geht das überhaupt?", fragte Maju.
„Natürlich. Hol dir mit dem Sandeimerchen Erde, die kannst du dann in einem Marmeladenglas mit Kleister mischen und mit einem Spachtel auftragen."
Gemächlich und nachdenklich ging Maju zum Sandkasten.
Marlies setzte gerade einen Topf Kleister an, als Tossi in den Garten gelaufen kam. Sie sah die beiden Jungen und wusste nicht zu wem sie zuerst laufen sollte. Mani war am nächsten. Also lief sie freudig, schwanzwedelnd zu ihm. Der hatte gerade Reisig in den Händen und rief rein vorsorglich: „Tossi, aus!" Denn er konnte davon ausgehen, dass der Hund denken würde, er wolle ‚Hölzchen werfen'. Mani legte sein Bündel Reisig auf die Erde, streichelte Tossi, suchte schnell ein Holzstück und warf es Richtung Maju. Der Hund flitzte los. Das Holz hatte er anscheinend vergessen. Kurz vor Maju, der gerade hockend Erde in sein Eimerchen schaufelte, stoppte

Tossi. Schwanzwedelnd und mit einem Schubser begrüßte sie ihn. Der war jedoch gerade so mit seiner Erde beschäftigt, dass er Tossi nicht bemerkt hatte. Durch den Schubser kippte er um, landete auf dem Rücken und konnte sich kaum den Abschleckversuchen von Torsi's nasser Zunge erwehren.
Bernd, der ebenfalls durch den Garten kam, Mani und Marlies beobachteten die Situation und lachten sich halb tot.
Als Cama eine Hand voll kleiner, weißer Muscheln brachte, war schon alles vorbei. Doch Tossi hatte sie sofort bemerkt. Im Renntempo lief sie ihr entgegen. Cama sprang in den Pavillon und legte sicherheitshalber ihre schönen Muscheln auf den Tisch. Schließlich sollten die nicht hinfallen und kaputtgehen. Mit beiden Händen tätschelte und streichelte sie Tossi, die ihr freudig dankend mit ihrer langen, feuchten Zunge durch das Gesicht fuhr.
„Igittigittigitt." Cama, die bereits ihren Künstlerkittel anhatte, nahm einen Zipfel Stoff und trocknete ihr Gesicht ab.
Jetzt kamen auch die Jungen mit ihren Naturzutaten. Maju hatte das Eimerchen halbvoll mit frischer, brauner Erde gefüllt. Sogar ein paar kleine Gassoden waren dabei. In seiner verschlossenen Hand hielt er noch etwas anderes. Er öffnete sie und hatte doch tatsächlich richtige Wurzeln darin. „Das werden die Baumwurzeln", sagte er stolz.
„Weißt du, was toll wäre?" Oma sah Maju an. „Wenn du auch noch Baumrinde hättest. Die könntest du zurecht schneiden und dein Baum sähe richtig echt aus. Wenn du suchen gehst, findest du bestimmt welche, oder du schälst sie von den Ästen auf dem Ästehaufen ab. Hier ist ein Messer."
Maju zog mit dem Messer wieder los.
Bernd brachte einen Campingtisch. „Wenn ihr euere Leinwand hier drauflegt, könnt ihr alle gleichzeitig arbeiten. Auf dem großen Tisch geht das doch gar nicht. Da müsstet ihr die

Leinwand ja immer hin und her schieben, damit jeder an seiner Seite arbeiten kann."
Er hatte recht. Die Tischplatte des Campingtisches und die Leinwand waren gleich groß, also optimale Arbeitsbedingungen.

Maju kam mit einer Hand voll Baumrinde zurück, die er auf den großen Tisch neben die Wurzeln legt.

„Damit es kein Tohuwabohu gibt, sollte jeder mal überlegen, welche Utensilien er braucht. Zum Beispiel Pinsel, Spachtel, Messer, Schere und so weiter. Dann macht ihr auf dem großen Tisch vier Arbeitsplätze. So hat jeder seinen Platz auf dem er alles vorbereiten kann."
Das sagte Opa, der Arbeitsvorbereiter.

Die Kinder waren begeistert und organisierten sofort ihre Arbeitsplätze.

Wenn ihr noch etwas braucht, sagt ihr mir Bescheid", bot Opa an.

Den Tisch hatte er am Wochenende bereits vorsichtshalber mit Folie abgedeckt. Er ging und kam gleich darauf mit vier Brettern zurück. „Hier habe ich für jeden noch ein Arbeitsbrett. Darauf könnt ihr alles zurechtschneiden. Und wenn ihr kleistert, bleibt nichts an der Folie hängen. Legt euere Utensilien hinter das Brett, dann habt ihr einen schönen, freien Arbeitsplatz."

Die Kinder nahmen Opas Ratschläge dankbar an. Jeder organisierte seinen Arbeitsplatz.

„Ich habe Hunger", meldete sich Mani.

Den ganzen Vormittag hatten sie mit den Vorbereitungen
verbracht. Und nun war doch tatsächlich schon Mittag. Manis
innere Uhr meldete sich pünktlich.

„Was gibt es denn?", wollte Maju, der Leckerschmecker
wissen.

„Stracciatella", antwortete Mani.
„Als Essen?"
„Nein, als Nachtisch."
„Und was gibt es zu essen?"
Die beiden Jungs schauten Oma fragend an, während Cama
noch konzentriert ihre Sachen sortierte.
„Puttes", sage Oma. Jetzt wurde auch Cama hellhörig. Puttes
mochten alle gerne.

Marlies hatte ihn morgens vorbereitet, in den Backofen gestellt
und die Automatikuhr eingeschaltet.
„Er wird gleich fertig sein. Kommt, wir sehen nach."

Alle gingen in die Küche. Es roch verführerisch. Durch das
Fenster in der Backofentür konnte man ihn betrachten.
„Der sieht schon fertig aus", stellte Maju fest.
„Ja, aber die Uhr hat noch nicht geklingelt. Hier, guck, es
dauert noch fünfzehn Minuten. Ihr Könnt schon mal den Tisch
im Wintergarten decken."

Puttes

Eine alte, rheinische Spezialität!
Marlies genoss sie seit Kindertagen. Und so war es
selbstverständlich, dass der Puttes von ihr perfekt zubereitet
werden konnte.

Für ein Kilo Kartoffeln brauchte man ein Ei, ein in Wasser
aufgeweichtes , altbackenes Brötchen, zwei oder drei
geräucherte Mettwürstchen, etwas Mehl, Salz, Pfeffer und
Muskat. Die Kartoffeln wurden geschält und grob gerieben.
Eine mitgeriebene Möhre verhinderte, dass die Kartoffelmasse
dunkel wurde. Dann wurden Ei, ausgedrücktes Brötchen und
Gewürze untergerührt. Wenn die Masse zuviel Wasser
gezogen hatte, kam etwas Mehl zum Binden hinzu.
Die Mettwürstchen wurden in nicht zu dicke Scheiben
geschnitten.
Zum Backen eignete sich am besten eine feuerfeste Glasform,
je flacher, um so besser, die mit etwas Öl ausgefettet wurde.
Und jetzt kam der Trick. Die Kartoffelmasse wurde in einer
heißen Pfanne mit etwas Öl vorgebraten. Immer ein Viertel der
Masse musste mit einem Kochlöffel so lange hin und her
gewendet werden, bis sie leicht aneinander klebte. Dabei
verdampfte die überschüssige Flüssigkeit. Dieses Viertel kam
in die ausgeölte Glasschüssel, wurde verteilt, leicht
angedrückt und mit einer Schicht Mettwurstscheiben belegt.
Dann folgte das nächste Viertel und wieder
Mettwurstscheiben. Zum Schluss kam das letzte Viertel der
Kartoffelmasse. Diese letzte Schicht bekam noch einen
leichten Ölanstrich. Im, auf 200 Grad vorgeheizten, Backofen
brauchte der Puttes je nach Höhe ein bis anderthalb Stunden.
Dann war er gar und hatte ringsherum eine herrliche,
goldbraune, leckere Kruste.

Man konnte ihn auch in einer flachen Auflaufform mit nur zwei Schichten Kartoffelmasse und einer Schicht Mettwurst machen. Dann dauerte die Backzeit maximal 45 Minuten. Das war die herzhafte Puttes – Variante, die allerdings auch noch verändert werden konnte. Zum Beispiel anstatt Mettwurst legte man ganze Bratwürste hinein, oder mischte geräucherte Speckwürfel unter die Masse. Es gab auch eine süße Variante. Dann konnte man Rosinen untermischen, ohne Wurst oder Speck, versteht sich.

Marlies hatte alles ausprobiert. Sie favorisierte den herzhaften Mettwurstputtes.

Der Timer klingelte. Sie nahm vorsichtig mit Topflappen die Schüssel aus dem Backofen, fuhr mit einem scharfen Messer am inneren Schüsselrand vorbei, stülpte einen flachen Essteller auf die Schüssel und dreht sie mit einem Schwung um. Der Kartoffelkuchen landete auf dem Teller. Er sah perfekt aus. Von allen Seiten goldbraun und kross. Mit einem elektrischen Messer, das ging am besten, schnitt sie zwölf Kuchenstücke.

„Achtung, sehr heiß." Marlies brachte den Puttes in den Wintergarten. Dort saßen schon die Kinder und Opa, der sich die Spezialität nicht entgehen lassen wollte, wartend am Tisch. Natürlich war Tossi auch da, die erwartungsvoll auf den dampfenden Kuchen blickte. Als Beilage gab es Apfelkompott und Preiselbeeren. Ein Puttesessen war seit Generationen eine lustige Angelegenheit. Wenn jeder sein Stück auf dem Teller hatte, versuchte einer den anderen abzulenken, um ihm die Wurst vom Teller zu klauen.

Mani war der Geschickteste. „Opa, guck mal, der Fischreiher ist am Teich."

Opa schaute in die Richtung und ‚zack' hatte Mani ein Stück Wurst von Opas Teller auf seine Gabel gespickt. Alle mussten herzlich lachen. Und so ging das während des ganzen Essens. Obwohl jeder seine Wurst verteidigte, gelang es immer mal wieder vom Anderen ein Stück zu ergattern. Am Ende war das Spiel ziemlich ausgeglichen und keiner war in punkto Wurst zu kurz gekommen.

„Oma, erzählst du uns beim Nachtisch eine Geschichte? Du hattest uns Stracciatella und jeden Tag eine Geschichte versprochen." Cama sah ihre Brüder Zustimmung heischend und Oma fragend an. Maju und Mani nickten heftig.

„Ja, stimmt. Die Kombination Stracciatella und Geschichte gefällt mir. Aber zuerst räumen wir den Tisch ab", forderte Marlies die Kids auf.

Bernd und Tossi waren schon verschwunden.

„Ich war in den Schulferien für zwei Wochen bei meinem Vetter Alois", begann Marlies ihre Geschichte. „Meine Ferien verbrachte ich unwahrscheinlich gerne bei meinem Vetter. Obwohl mich eins immer gestört hat. Alois war Langschläfer. Er kam morgens einfach nicht aus dem Bett. Alle Versuche, ihn aufzuwecken, misslangen. Er drehte sich einfach um und schlief weiter. Ich, als Morgenmensch, fand das fürchterlich. Aber es nützte nichts. Bis Alois aufstand, musste ich mich alleine beschäftigen."

„Ich bin auch Morgenmensch und Justus ist Langschläfer", warf Mani ein.

„Stimmt ja gar nicht", verteidigte sich Maju.

„Stimmt ja wohl. Ich bin immer schon lange auf und du schläfst immer noch."

Die beiden kabbelten sich noch etwas. Als Marlies jedoch weiter erzählte, hörten sie auf.

Zirkus

„Mein Vetter hatte viele Bücher. Mir fiel ein Zirkusbuch auf. Ich blätterte darin herum. Es war illustriert. Zeichnungen mit Kindern, die alles Mögliche machten. Sie jonglierten mit Bällen, ließen Teller auf Stäben kreisen. Sprangen durch Reifen und machten Akrobatik. Eine Seiltänzerin war zu sehen und sogar ein Zauberer.

Plötzlich hatte ich eine Idee. Alois und ich mussten unbedingt eine Zirkusvorstellung machen.

Meine Fantasie war grenzenlos. Alois war stark und konnte gut turnen, sogar einen Salto machte er problemlos. Bei mir ging am besten Rad schlagen und Handstand.

Wir hatten Hula Hoop Reifen. Damit musste etwas zu machen sein. Jonglieren wäre auch schön, aber womit?

Der Zirkus brauchte einen Namen. Und einen Eingang mit Girlanden. Stuhlreihen für Besucher sollte es geben. Gut wäre, die Vorführung dann zu machen, wenn meine Eltern mich abholten.

Ich war so mit meinen Gedanken beschäftigt, dass ich nicht merkte, als Alois wach wurde. Er saß schon im Bett und schaute mich verschlafen, fragend an.

‚Werd' mal richtig wach, dann erzähle ich dir was ganz tolles', sagte ich zu ihm.

‚Was denn?', wollte er wissen und schaute auf das Zirkusbuch.

‚Wir könnten einen Zirkus machen.' Ich quoll über vor Begeisterung.
‚Wie einen Zirkus? Wo denn?'
‚Unten im Hof, auf der Wiese.'
‚Und was machen wir da?'
‚Eine Vorführung.'
‚Und was führen wir vor?'
Mittlerweile war Alois aufgestanden und zog seine neue Lederhose an. Ich hatte die alte, wunderbar speckige bekommen, die ihm nicht mehr passte.
Wir schauten uns gemeinsam das Zirkusbuch an und er sagte skeptisch: ‚Dann müssen wir aber ganz viel üben'
‚Ja, und wir brauchen einen Zirkusnamen und Stühle und Girlanden.' Ich sah Alois herausfordernd an.
Er überlegte kurz. Ich sah ihm an, dass er langsam Feuer gefangen hatte.
‚Der Zirkus sollte ALUMA heißen, von Alois und Marlies.' Stolz schaute er mich an und ich war begeistert. Unserem Projekt stand nichts mehr im Weg. Das würden schöne Ferien werden.
‚Alois, Marlies, kommt frühstücken', rief meine Tante, also Alois' Mutter.
Noch auf der Treppe rief Alois: ‚Mama, wir machen einen Zirkus. Wir haben schon alles geplant. Hilfst du uns?'
Tante Olga lachte. 'Da habt ihr euch ja was schönes vorgenommen. Wie kann ich denn dabei helfen?'
‚Wir brauchen viele Sachen. Stühle, eine Girlande und ein großes Stück Pappe, auf das wir den Zirkusnamen schreiben können.'
‚Einen Namen hat euer Zirkus auch schon?'
‚Ja, ALUMA', sagte ich.
‚Das ist aber ein schöner Name.'

AL von Alois, U von und, MA von Marlies', klärte mein Vetter seine Mutter auf.

Wir hatten das Buch mit herunter genommen und zeigten Tante Olga das Bild mit den Tellern, die auf Holzstäben kreisten.

,Dafür brauchen wir Teller, aber ich glaube, die gehen kaputt.' Alois zweifelte diese Nummer an.

,Stimmt', sagte die Tante, ,das geht nicht mit richtigen Porzellantellern. Aber wisst ihr was, morgen muss ich sowieso in die Stadt. Dort kann man solche Teller mit Stäben kaufen. Die bringe ich euch mit, dann müsst ihr nur noch üben.'

Wir freuten uns riesig; verschlangen unser Frühstück und verschwanden im Hof. In der Spielecke suchten wir zusammen, was für unsere Aufführung nötig war. Es gab zwei Hula – Reifen und vier gleichgroße Bälle.

,Das reicht', sagte Alois. ,Wir fangen mit den Bällen an.'

,Ich kann aber gar nicht jonglieren' sagte ich zerknirscht.

,Macht nichts.' Alois schaute mich an und lächelte aufmunternd.

,Wir probieren mit zwei Bällen. So!' Er zeigte mir, wie er das meinte und es klappte sogar. In jeder Hand hatte er einen Ball. Während die rechte Hand den Ball hochwarf, tat er schnell den Ball aus der linken in die rechte, um den dann auch hochzuwerfen.

Der erste Ball landete in seiner linken Hand. Dann schnell der Wechsel nach rechts und so weiter. Er schaffte es bestimmt zehn Mal.

Jetzt sollte ich probieren. Es gelang mir nicht. Immer wieder fiel ein Ball auf die Erde. Manchmal auch alle beide.

Mein Vetter munterte mich auf: ,Du schaffst das ganz bestimmt. Mach doch erst mal ganz langsam und werfe nicht so hoch. Langsam geht nämlich alles!'

Ehrgeizig genug war ich. Also nahm ich seinen Rat an. Irgendwann hatte ich den Dreh raus. Kein Ball fiel mehr auf die Erde. Wir stellten uns nebeneinander und jeder jonglierte mit zwei Bällen. Es machte Riesenspaß. Anschließend kamen die Hula – Hoop – Reifen dran. Ich ließ den Reifen um meine Hüften kreisen. Jetzt staunte Alois. Sein Reifen wollte nämlich nicht oben bleiben. Immer wieder landete er auf dem Boden. ‚Das muss ich aber noch übern', stellte er fest.
‚Wir haben ja noch Zeit. Bis zu unserer Vorstellung kannst du es bestimmt. Stell dich mal ohne Reifen neben mich. So geht das.' Ich kreiste langsam mit meinen Hüften. Der ganze Unterkörper schwang mit. Alois fiel in die Bewegung ein. Bald waren wir im selben Rhythmus. ‚Und nun schneller', sagte ich. ‚Und anders herum.'

Wir machten noch eine Weile Trockenübungen. Dann versuchte Alois es mit dem Reifen. Es ging etwas besser als vorher, aber er musste wirklich noch viel üben.

Mit den Reifen hatten wir uns noch mehr vorgenommen. 1. Abwechselnd hielt Einer den Reifen hochkant etwas über dem Boden und der Andere machte eine Rolle durch den Reifen.
2. Nebeneinander Seilchen springen.
3. Einer stellte sich gerade hin, der Andere musste den Reifen über ihn werfen.
Das war am schwersten, sehr lustig und klappte überhaupt nicht. Der Reifen flog überall hin, nur nicht über uns. Er traf unsere Körper und Köpfe oder lief einfach über die Erde. Wir lachten uns schief.
Dann probierten wir es anders. Der Werfer stand, und der Andere hockte sich. Nach einigen Versuchen ging es dann endlich.

Am nächsten Tag freuten wir uns auf die Teller. Keiner von uns konnte das, aber es machte Riesenspaß. Selbst Tante Olga machte mit. Das Ziel, die Teller gleichmäßig auf den Stöcken kreisen zu lassen, erreichten wir erst nach vielen Tagen.

Eine Akrobatiknummer wollten wir auch noch einstudieren. Dafür ging Alois etwas in die Hocke und drehte sein linkes Knie nach außen. Ich erfasste mit meiner rechten seine linke Hand. Dann stellte ich meinen rechten Fuß auf seinen linken Oberschenkel und spreizte mein linkes Bein ab. Unsere Arme und meine Beine waren ganz gerade. Das sah toll aus.

Wir übten jeden Tag bis zur Vorstellung im Zirkus ALUMA.

Den Namen hatten wir in bunten Buchstaben auf ein großes Stück Pappkarton geschrieben, das am Hoftor befestigt und mit einer Girlande geschmückt war. Die Stühle standen auf der Wiese.
Um 15 Uhr begann der Zirkus. Wir hatten viele Zuschauer. Alois' Eltern und Großeltern, vier seiner Freunde mit ihren Müttern und meine Eltern, die auch noch meine Freundin Karin mitgebracht hatten.

Mein Gott, waren wir aufgeregt. Alois hatte einen Zylinder von seinem Opa auf dem Kopf und einen roten Umhang an. Das war in Wirklichkeit eine Tischdecke. Für mich hatte Tante Olga eine Gardine so genäht, dass es aussah, als hätte ich ein Spitzenkleid an.

Alois verbeugte sich galant vor den Gästen und schwenkte den Zylinder.
Ich machte einen Knicks.

‚Liebes Publikum, wir heißen euch im Zirkus ALUMA willkommen und wünschen euch viel Spaß', begrüßten wir gemeinsam unsere Gäste.
Dann verschwanden wir hinter einem Strauch und kamen in unseren Turnanzügen wieder heraus.
Applaus empfing uns.
Verbeugung, Knicks und wir begannen mit unserer Vorstellung.
Nach jeder Nummer liefen wir hinter den Busch, wo wir unsere Utensilien deponiert hatte. Die sollten ja nicht in der Manege herumliegen.
Jedes Mal klatschten die Leute. Sie riefen: Prima, wunderbar und Zugabe.

Wir waren so in unserem Element, dass die ganze Aufregung verflogen war. Jede Nummer klappte fehlerlos. Zwischendurch schlug ich immer wieder ein Rad und Alois machte Saltos.

Zum Schluss traten wir wieder mit Umhang, Zylinder und Spitzenkleid vor die Gäste. Im Jubel des Publikums machten wir bestimmt zehn Verbeugungen und Knickse.
Wir waren stolz auf uns. Alles hatte super funktioniert. Na ja, kein Wunder bei so viel Training."

Ihre Enkel hatten Oma nicht einmal unterbrochen. So fasziniert waren sie von der Geschichte.

„Ich könnte das nicht", sagte Maju nachdenklich.
„Doch", erwiderte Oma. „Du bist stark. Du könntest zum Beispiel etwas Schweres stemmen oder der Untermann für Mani sein."

„Au ja", begeisterte sich der sofort. „Ich kletter' auf deine Schultern. Das machen wir doch sowieso immer."
Mani rutschte von seinem Stuhl und wollte schon mit seiner Kletterpartie beginnen.
„Und zaubern kannst du." Cama sah ihren großen Bruder an.
„Sollen wir auch einen Zirkus machen?", fragte sie ihre Brüder.
Die sahen allerdings nicht sehr begeistert aus.

„So, Kinder. Wir arbeiten jetzt zuerst mal an unserem Vier – Elemente – Projekt weiter. Ihr könnt euch immer noch überlegen, ob ihr einen Zirkus veranstalten wollt."

Die Vier gingen in den Pavillon und bereiteten weiter das Projekt vor.

Cama schnitt Soff zurecht. Das würden Wellen werden.
Maju bearbeitete die Baumrinde.
Mani schnitzte an dem Reisig herum und Oma zeichnete sich kleine und große Luftballons mit Bleistift auf der Leinwand vor.

Alle waren so beschäftigt, dass keiner Markus bemerkte, der die Kinder abholen wollte.
Noch zwei Tage blieben, um das Bild fertig zu stellen.

‚Das schaffen wir', dachte Marlies, als alle weg waren.
‚Morgen werden die Klebe- und übermorgen die Farbarbeiten gemacht.'

„Du hast uns für jeden Tag eine Geschichte versprochen",
sagte Mani am nächsten Morgen. Er kam als Erster angerannt, landete in Omas Armen und gab ihr einen Kuss.
Cama und Maju folgten ihm. Sie unterhielten sich angeregt über Klebetechniken.

„Welche erzählst du uns denn heute?", fragte Mani als alle zum Pavillon gingen.
„Welche was?" Maju blickte zu Mani.
„Geschichte", antwortete der.
„Das sag ich nicht. Jedenfalls eine Kurze. Nicht so eine lange Geschichte wie gestern." Oma öffnete die Kleisterschüssel und die Klebearbeiten begannen.

Maju mischte Erde mit Kleister. Schnell hatte er das richtige Verhältnis heraus.

Mani begann mit Zeitungspapier und Cama mit dem Stoff.

Die Kinder diskutierten, lachten und mittags waren ihre Hände, Gesichter und Malkittel so mit Kleister überzogen, als hätten sie darin gebadet.
Es gab Spaghetti mit einer Kräutersahnesoße. Die Kräuter kamen selbstverständlich aus Marlies' Kräutergarten.

Kräutersahnesoße

Damit die Soße eine schöne sämige Konsistenz hatte, kamen ein paar Esslöffel Kräuterfrischkäse zu den angeschwitzten Zwiebeln. Mit dem Schneebesen verrührt und mit Milch aufgefüllt, ergab sich eine schöne, homogene Masse. Durch die frischen Gartenkräuter schimmerte die Soße grün, sah richtig frühlingshaft aus und schmeckte hervorragend.
In vielen Geschmacks- und Farbvarianten konnte die Soße hergestellt werden. Mit Kurkuma wurde sie gelb und mit Paprikapulver rosé. Scharf mit Ingwer oder Chili. Ein sattes Grün war möglich mit feingehacktem Spinat. Man konnte seiner Fantasie freien Lauf lassen. Gehacktes, Fisch-, Fleisch-

132

, Schinkelwürfel, alles ging. Das Grundrezept diente für alle Varianten.

Beim Nachtisch erzählte Marlies eine Kurzgeschichte.

Kirschbaum

„Unsere Nachbarn hatten einen großen Kirschbaum mit schönen, dicken, roten Kirschen. Jemand hatte eine Leiter an den Baum gestellt. Es war August. Im September, also einen Monat später, wurde ich vier Jahre alt. Ich stand unter an der Leiter und schaute sehnsüchtig zu den leuchtend roten Kirschen hinauf.
‚Kletter' bloß nicht in den Baum', rief meine Mutter und hob warnend den Zeigefinger.
‚Warum nicht?', wollte ich wissen.
‚Weil du dann nicht mehr runter kannst.'
Das wollte mir überhaupt nicht einleuchten. Ich konnte doch sehr gut klettern.
In einem unbeobachteten Moment, kein Erwachsener war zu sehen, stieg ich schnell nach oben und setzte mich auf einen dicken Ast. Hm, schmeckten die Kirschen süß und lecker. Ich sah mich im Baum um. Der hatte viele dicke Äste, auf die man sich wunderbar setzen konnte. Also kletterte ich weiter und immer höher, aß so viele Kirschen, wie ich wollte und machte mir Kirschohrringe.
Durch das Blattwerk sah ich meine Mutter, die zum Glück noch nicht nach mir gerufen hatte.
‚Jetzt muss ich aber schnell wieder runter klettern', dachte ich, ‚sonst gibt es Ärger!'
Den ersten dicken Ast unter mir schaffte ich gut. Doch da stand ich nun und wusste nicht mehr weiter.

‚So ein Mist, wie war ich denn bis hier hoch gekommen?'
Erschrocken schaute ich mich um. Irgendwo musste doch ein
Ast sein, auf den ich treten konnte. Ich setzte mich und
überlegte. Unter mir sah ich einen dicken Ast, der allerdings
sehr weit weg war. Was sollte ich machen? Dann kam mir
eine Idee. Ich drehte mich um und ließ mich auf dem Bauch
langsam nach unter gleiten, bis ich nur noch mit den Armen an
dem Ast hing. Zum Glück ertastete ich mit einer Fußspitze
meinen Rettungsast. Vorsichtig blickte ich nach unten. Das
müsste gehen. Ich ließ die Hände los und ....stand
freihändig in schwindelnder Höhe. Schnell griff ich nach
dünnen Ästchen, um mich festzuhalten. Das hatte gut
geklappt, aber ich war noch sehr weit von der Leiter entfernt.
Wieder blickte ich mich um. Wieder gab es keinen Kletterast.
Rings um mich herum Kirschen. Doch der Appetit war mir
vergangen. Ich setzte mich und rief so laut ich konnte: ‚Mama,
Mama, hilf mir!'
‚Wo bist du denn?'
‚Im Kirschbaum.'
Mama kam die Leiter hoch und schaute zu mir rauf. ‚Hab ich
dir nicht gesagt, dass du nicht mehr runter kommst. Was soll
ich denn jetzt machen? Ich kann dich da nicht runter holen.
Dann musst du eben in dem Baum schlafen.'
Ich wusste nicht, ob ich lachen oder weinen sollte. Mir war
eher nach weinen zu Mute. Ich spürte schon die ersten Tränen
kommen.
‚Warte', sagte Mama, stieg die Leiter hinunter und verschwand
aus meinem Blickfeld.
Ich dachte: ‚Was macht sie jetzt? Holt sie die Feuerwehr oder
etwa die Polizei?' Meine Gedanken überschlugen sich,
während ich wie erstarrt im Baum saß. Dann hörte ich
Stimmen. Das war Onkel. Der war groß und stark. Der konnte
mir bestimmt helfen.

‚Na du kleiner Wildfang, bist aber ganz schön weit nach oben geklettert.' Er kam lachend die Leiter hoch. ‚Hast du dir wenigstens den Bauch mit Kirschen vollgeschlagen?'
Ich nickte schuldbewusst. Weil er nicht aufhörte zu lachen, hatte ich sofort meine ganze Not vergessen, spürte keine Tränen mehr und lachte vorsichtig mit ihm. Jetzt stand er auf dem ersten dicken Ast. Er war so groß, dass er nur seine Arme aufhalten musste und ich hineinrutschen konnte. Onkel drückte mich an sich und sagte leise: ‚Auch wenn du nicht auf den Baum klettern solltest. Du hast es gut gemacht.'
Unten angekommen, schimpfte meine Mutter zwar. Aber ich glaube, sie war froh, mich wieder in ihren Armen halten zu können. Denn zwischen dem Schimpfen bekam ich immer wieder Küsse über das ganze Gesicht.

Nach der Kirschbaum – Geschichte arbeiteten alle weiter an dem Vier – Elemente – Bild. Als die Kinder abgeholt wurden, hatten sie gerade ihre Klebearbeiten beendet. Sie räumten noch schnell auf und weg waren sie.

Marlies bereitete schon mal das Essen für den nächsten Tag vor. Eine Gemüsesuppe und zum Nachtisch Vanillepudding mit Zucker und Zimt.

Gemüsesuppe

Kasseler, Breitlauch, Sellerie und Möhren hatte sie immer in der Tiefkühltruhe vorrätig. Das alles tat sie in einen Kessel mit 1 ½ Liter Wasser, der bereits auf dem Herd stand. Hinzu kamen je ein Würfel Fleisch- und Hühnerbrühe und ein Pfund geschälte, in kleine Würfel geschnittene Kartoffeln. Die Kochzeit dauerte dreißig Minuten. Dann schnitt sie je eine gelbe und rote Paprika und eine halbe Kohlrabi in kleine Stücke. Ein großes Stück Blumenkohl wurde in kleine Röschen geteilt. Dieses Gemüse kam erst zehn Minuten vor Ende der Kochzeit hinzu, damit es schön bissfest blieb. Während die Suppe vor sich hin köchelte, kam der Vanillepudding dran.

Vanillepudding mit Zucker und Zimt

Kochpudding musste es sein. Die Kinder liebten die Haut, die sich beim Abkühlen immer bildete. Marlies bereitete ihn nach dem Rezept auf der Packung zu. Als er fertig gekocht war, tat sie ihn in ihre größte Schüssel, damit er eine große Oberfläche hatte und viel Haut bekommen würde. Sie mischte einen Teelöffel Zimt und fünf Esslöffeln Zucker. Diese Zucker – Zimt – Mischung wurde über den noch lauwarmen Pudding gestreut. Der Zucker löste sich dann langsam auf und man hatte eine leckere Zimtsoße.

Den Mittwoch verbrachten Oma und ihre Enkel mit malen. Mittags gab es die Suppe, den Pudding und eine Geschichte. Und Nachmittags war das Bild fertig.

Oma holte ihre Staffelei in den Pavillon und stellte das Bild, mit Camas Wasser – Element nach unten, darauf. Die Vier betrachteten ihr Werk Es war ganz toll geworden. Camas Fische glänzten im Wasser, das sie in allen möglichen Blautönen gemalt hatte. Durch die ‚Stoffwellen', denen sie ab und zu einen Klecks weiß verpasst hatte, wirkte das Wasser lebendig.

Manis Lagerfeuer loderte rot, gelb und blau. Das Anzünder –
Zeitungspapier war zu sehen, kleine und große Flammen
hatte er aus Stoff gearbeitet.
Maju' s Berg aus Erde ragte weit ins Bild hinein. Den Baum,
aus Rind geschnitten, hatte er auf einem Plateau angebracht.
Aus etwas Reisig waren Äste entstanden und die hellen
Wurzeln durchzogen die dunkele Erde. Hier und da
verwendete er etwas Farbe, hatte aber ansonsten alles
natürlich belassen. Omas kleine und große, bunte Luftballons
schwirrten wirbelnd über das Bild. Einer war sogar im Wasser
gelandet. Ein anderer tanzte auf der vor Hitze flimmernden
Luft über dem Lagerfeuer und ein kleiner, knallgrüner hatte
sich im Geäst des Baumes verfangen.
Sie drehten das Bild x– mal, betrachteten es begeistert von
allen Seiten und diskutierten über jedes Detail.

10.

Heute war der letzte Tag vor dem Osterurlaub der Kinder.
Marlies hatte am Vorabend für ihre Enkel Osternester mit
kleinen Geschenken gemacht. Jeder bekam einen
wunderschönen Halbedelstein, ein Buch und einen
Schokoladenosterhasen. Die Nester versteckte sie an
verschiedenen Stellen im Garten. Markus und Heidi sollten
das Bild von den Kindern geschenkt bekommen. Es stand
noch auf der Staffelei im Pavillon. Als die Drei kamen, liefen
sie zuerst dorthin, um erneut ihr einzigartiges Werk zu
betrachten.
„Wir haben keinem etwas erzählt", sagte Maju."
„Weil es ja eine Überraschung sein soll", ergänzte Mani.
„Oma, ich habe von dem Bild geträumt. Alle Geräusche hab'
ich gehört. Plätscherndes Wasser und knisterndes Feuer.
Sogar die Luft habe ich gesehen und die Erde von dem Berg
gerochen." Cama berichtete ganz aufgewühlt von ihrem
Traum.
„Luft kann man nicht sehen", stellte Mani klar.
„Doch", erwiderte Cama, weil die Luftballons darin
herumfliegen, oder was meinst du wo drin die fliegen?"
Mani schaute Richtung Himmel, überlegte kurz und
antwortete: „In der Luft."
„Na, siehst du!"
„So Kinder, dann wollen wir mal alles vorbereiten." Marlies sah
sich um und teilte die Arbeiten ein. Bis zum Mittag war alles
aufgeräumt, gekehrt, Tisch und Stühle zurecht gerückt. Nach
dem Essen würden sie gemeinsam den Tisch im Pavillon für
die Kaffeegesellschaft decken.
Mittags gab es kalte Küche. Kartoffelsalat mit selbst
gemachter Mayonnaise und bunte Ostereier. Die hatte Marlies
allerdings fertig gefärbt gekauft. Zum Eier färben war keine

Zeit mehr gewesen. Beim Nachtisch, dem Rest Vanillepudding mit Zucker und Zimt, erzählte sie dann noch eine Sahara – Geschichte.

Sahara – sprechende Steine

„Ganz oft haben wir mitten in der Wüste übernachtet. Wir bauten dann eine Wagenburg. Alle fünf Autos wurden im Kreis aufgestellt. So hatten wir einen Innenhof und waren vor dem Wind geschützt.
Im Innenhof stellten wir unsere Tische und Stühle auf, kochten, aßen, erzählten und besprachen die nächste Tagesetappe.
In der Wüste ist es ganz still und abends ganz dunkel. Allerdings gibt es einen herrlichen Sternenhimmel, wenn keine Wolken da sind. Und Licht bekommt man nur vom Mond. Oft sieht man Sternschnuppen. Das sind dann ganz besondere Erlebnisse.
Eines Nachmittags hatten wir uns einen Übernachtungsplatz zwischen riesengroßen Granitsteinblöcken ausgesucht. Bis allerspätestens
17 Uhr musste die Wagenburg fertig sein, weil es in der Sahara immer ganz schnell dunkel wird. Nicht langsam, wie hier bei uns, sondern, wenn die Sonne untergegangen ist, ist es sofort stockdunkel.
Wir hatten es noch rechtzeitig geschafft. Dann war es dunkel und Markus musste mal. Nicht Pipi, nein Haufen. Wenn jemand ‚groß' musste, ging er mit Taschenlampe und Schaufel ein Stück weg von den Autos. Mit der Schaufel machte man ein Loch, da hinein sein Geschäft und dann wurde das Loch wieder zu geschaufelt. Markus hatte keine Angst, er war ja

schon groß, also zog er los. Nach kurzer Zeit kam er zurück gerannt.

'Mama, Mama, da ist ein Geräusch', rief er. Durch unser ganzes Gewusele mit Tischen, Stühlen, lachen und erzählen, hatten wir nichts gehört. Doch jetzt waren alle mucksmäuschenstill und lauschten in die Finsternis. Da war wieder ein Geräusch und noch eins. Ziemlich laut sogar. Die Männer nahmen ihre Taschenlampen und gingen vorsichtig aus unserem Innenhof ins Dunkele. Wir Frauen und die Kinder blieben in der Wagenburg. Wieder ein Geräusch und zwar von der anderen Seite. Oh Gott, oh Gott, was war das nur? Wo blieben denn die Männer? Mittlerweile kamen ähnliche Geräusche von allen Seiten. Es war unheimlich.

‚Mama, ich muss aber ganz nötig', flüstere Markus mir ins Ohr. Ich war ratlos. Was sollte ich denn tun? Ich konnte doch mein Kind nicht in die Hose machen lassen. Dann hatte ich eine Idee und holte ganz leise einen Abfallbeutel. ‚Mach hier rein', forderte ich Markus flüsternd auf, der mich verdutzt anguckte. Gesagt, getan. Ich hielt den Beutel auf und er machte sein Geschäft hinein.

Wir hatten uns schon fast an die immer wieder kehrenden Geräusche gewöhnt, als die Männer lachend zurück kamen. „Das sind die großen Steinblöcke', sagten sie. Wir fielen sehr verhalten in das Lachen ein, verstanden aber nicht. ‚Wieso denn?', fragte Markus und sein Papa erklärte ihm und uns allen: ‚Tagsüber scheint die Sonne. Die Steine werden heiß und dehnen sich. Wenn die Sonne weg ist, kühlen sie ab und ziehen sich wieder zusammen. Und dann machen sie die Geräusche, so wie jetzt.'

‚Kann man sehen, wenn sie auseinander gehen und sich wieder zusammen ziehen?', wollte Markus wissen.

‚Nein', antwortete euer Opa. ‚Das ist so wenig. Das sieht man nicht:'

Dann waren wir alle ganz still und lauschten fasziniert dem Knarren und Knacken.
‚Die Steine sprechen', sagte Markus voller Bewunderung, nahm Kackbeutel, Schaufel, Taschenlampe und verschwand mutig im Dunkeln um sein Geschäft einzugraben. Er blieb lange weg. Als er zurück kam, erzählte er uns, dass er das Loch zwischen zwei Steine gegraben hatte, die miteinander gesprochen hätten. Auf einen war er geklettert und den anderen hatte er angeleuchtet. ‚Ich konnte nichts erkennen, aber alles hören. Ich habe den Steinen gesagt, dass ich morgen früh noch mal wieder komme, um mich zu verabschieden. Ich glaube, sie haben sich gefreut.'

„So, Kinder, das war die Geschichte von den sprechenden Steinen. Jetzt müssen wir aber weiter machen. Gleich kommen schon Heidi, Markus und euere Urgroßeltern."

„Sprechen die Steine hier auch?" Mani schaute Oma fragend an, während sie das Geschirr in den Pavillon trugen.
„Nein, mein Muckel, hier haben wir nicht so einen großen Temperaturunterschied und auch gar nicht so riesengroße Steine. In der Sahara ist es am Tag ganz, ganz heiß. Und wenn die Sonne weg ist, sehr kalt. Deshalb ist das da so."
Nachdenklich deckte er den Tisch. Die beiden anderen unterhielten sich auch noch angeregt über die Geschichte.

Endlich war es so weit. Heidi, Markus, Uroma Hedwig und Uropa Hans kamen. Bernd und die Kinder bereiteten gerade noch das Lagerfeuer vor.

Als Tossi die Ankömmlinge sah, flitzte sie wie ein Wirbelwind zu ihnen, umkreiste jeden Einzelnen und hätte am liebsten vor Freude Purzelbäume geschlagen.

Alle bewunderten und lobten das Vier – Elemente – Bild und den Baobab. Als es dann hieß, dass beides Geschenke für Heidi und Markus waren, gab es eine Dankes – Kuss – Orgie.

Jetzt durften auch die Kinder ihre Osternester suchen. Tossi half natürlich mit. Es war eine lustige Angelegenheit, die von den Erwachsenen lachend beobachtet wurde.
Dann waren alle Nester gefunden und wieder gab es Gesprächsstoff.
Halbedelsteine. Wo kamen sie her? Wer hatte die denn sonst noch? Prinzessinnen, Könige und vor allen Dingen waren sie massenweise in Schatzkisten, die von Seeräubern erbeutet oder auf Schatzinseln gefunden wurden.
Schnell wurden sich Maju, Cama und Mani über ein Spiel einig.
„Oma, hast du eine Schatzkiste für uns? Wir spielen nämlich gleich Schatzinsel." Cama schaute bittend.
Marlies hatte sofort eine Idee. „Kommt mit", sagte sie. „Ich habe ein wunderschönes Kästchen für euch. Das haben wir auf einem Basar in Marokko gekauft. Ein richtiges Schatzkästchen ist das. Aus Holz mit Intarsien aus Perlmutt."
Die Kinder gingen mit.
„Was ist ein Basar?", wollte Mani wissen.
„Und was ist Perlmutt?", fragte Maju.
Während die Vier ins Haus gingen, um die Schatzkiste zu holen, beantwortete Oma ihre Fragen.
Die anderen Erwachsenen machten inzwischen einen Spaziergang durch den Garten.

Zum Kaffee gab es Apfelstrudel mit Vanilleeis, Vanillesoße und Schlagsahne.
Heidi war von dem Apfelstrudel so begeistert, dass sie sich das Rezept aufschrieb:

Apfelstrudel

1 Paket tiefgefrorenen Blätterteig – 10 Scheiben
2 Äpfel
100 Gramm Rosinen
100 Gramm Mandelspalten
Zucker
Zimt
1 Eiweiß
etwas Zitronensaft
Puderzucker
Blätterteigscheiben auftauen. Die Ränder mit Eiweiß bepinseln und zu einem Viereck zusammenkleben
Äpfel schälen, in kleine Stücke schneiden
Apfelstücke, Rosinen, Mandelspalten in einer Schüssel mischen
mit Zitronensaft beträufeln
Zucker und Zimt untermischen
So auf dem Blätterteigviereck verteilen, dass an jeder Seite ein genügend großer Rand übrig bleibt.
Ränder mit Eiweiß bepinseln
Strudel zusammenrollen
Ränder fest andrücken
Die Oberseite mehrfach mit einer Gabel einstechen
Im vorgeheizten Backofen auf 200 Grad ca. 30 Minuten backen (eventuell die letzten 10 Minuten mit Alufolie abdecken)

Der Apfelstrudel kann warm oder kalt gegessen werden.
Wenn er leicht abgekühlt ist, mit Puderzucker bestreuen.

Nach dem Abendessen, es wurde gegrillt, entzündete Bernd
mit den Kindern das Osterfeuer. Alle saßen mit Stühlen um
das wärmende Feuer. Schließlich war es abends noch ganz
schön frisch um diese Jahreszeit.
Die Kinder warfen Tannenzapfen ins Feuer, so dass es
zischte und krachte. Es wurde erzählt und gelacht bis spät am
Abend.
Dann gingen alle nach Hause.
„Bis nach den Osterferien", rief Oma ihren Enkeln hinterher.

Darauf freute sie sich jetzt schon. Sie würde die Drei in den
nächsten zwei Wochen vermissen, dachte sie.